스파이 교실 01

《화원》의 릴리

code name
초원
code name
애랑
boss
클라우스

스파이 교실 01

《화원》의 릴리

저자 타케마치

일러스트 토마리

CONTENTS

SPY ROOM

the room is a specialized institution of mission impossible

code name hanazono

스파이는 늘 거짓말을 한다—.

프롤로그 특별 임무

기드는 어떤 남자의 방 앞에 있었다.

딘 공화국의 스파이팀 『화염』에서 그 남자의 담당은 기드로 정해져 있었다. 『화염』에는 괴짜들밖에 없지만 그 남자의 자유분방함은 유난해서 비교적 상식적인 감성을 가진 기드에게 연락이 일임되어 있었다.

그것도 당연하다면 당연하지. 기드는 한숨을 쉬었다.

아무튼 남자를 주운 사람은 자신이었다.

고아였던 어린 소년을 돌봐서 일류 스파이로 키워 냈다.

설마 이렇게까지 애먹이는 존재로 자랄 줄은 생각도 못 했지만.

남자는 아침부터 자기 방에 틀어박혀 있었다. 아침밥도 점심밥도 먹지 않고, 화장실에도 가지 않고, 자기 방에서 한 발자국도 나오지 않았다.

대체 뭘 하는 건지. 어이없어하며 문을 노크했다. 5초가 지나도 대답은 없었다. 그 이상 노크하지 않고 문을 열었다.

바뀐 방의 모습을 보고 경악했다.

하얀 벽지와 빨간 융단이 깔린 아름다운 침실이— 진홍색으로 물들어 있었다.

선혈 같은 것이 온 방에 튀어 침대와 옷장을 더럽혔다. 흡사 살인 현장 같았다. 사람의 죽음에 익숙한 기드조차 비명을 지를 뻔했다. 아지랑이 팰리스— 그렇게 명명된 아름다운 저택의 일실이 처참한 몰골이 되어 있었다.

방의 중앙에는 거대한 캔버스가 있었고 그 앞에 남자가 서 있었다.

남자는 황홀한 얼굴로 그림을 바라보았다.

"극상이야—."

내팽개치듯 붓을 휘둘러 캔버스와 융단, 그리고 기드의 얼굴에 물감을 튀겼다. 그리고서 뭔가를 알아차린 것처럼 「응?」 하고 뒤돌았다.

"……스승님, 어쩐 일이야?"

"너야말로 어떻게 된 거야?"

"그림을 그리고 싶어져서. 스승님, 물감이 부족한데 사다 주지 않을래?"

"……너는 자연스럽게 스승을 부려 먹더라."

심각한 이야기를 가져왔는데 장난치지 말라고 내씹었다.

이 남자라면 장난친 것이 아니라 이것이 자연스런 모습일지도 모르지만.

"특별 임무다. 너는 내일부터 팀을 떠나 단독으로 움직여야 해."

"특별 임무……?"

자세한 임무 내용을 설명했다. 설명을 들으며 남자의 표정이 바뀌었다. 웬만한 스파이라면 화를 낼 만큼 가혹한 명령이었다. 뛰어난 실력을 지닌 기드조차 거부할 내용이다. 나가 죽으라는 선고와 같았다.

"너라도 성공률은 10% 미만이겠지. 실패하면 죽어. 할 수 있겠나?"

"맡을게. ―스승님의 명령이라면."

즉답.

거부도 각오했던 기드는 얼떨떨해졌다.

남자는 다시 붓을 놀려 캔버스에 빨간색을 칠했다. 「오늘은 이쯤 할까」라며 고개를 끄덕이고 기드와 시선을 맞췄다.

"스승님, 혹시 모르니까 유언을 남겨 둘게. 지금의 내가 있는 건 전부 당신 덕분이야. 고아였던 나를 주워서 스파이로 키워 줬지. 채용해 준 보스에게도 한없이 감사하고, 『화염』의 멤버 모두를 사랑한다고 해도 과언이 아니야. 나는 가족을 모르지만, 모두를 가족처럼 여기고 있어. 그리고 그 가족에게도 친구, 연인, 친척이 있고, 그 모임이 국가라면 나는 역시 이 나라를 사랑해."

"도망치고 싶다는 생각은 안 들어……?"

"조금도 안 들어."

한숨을 쉬었다. 남자가 거절해 줬다면 얼마나 마음이 편했을까.

"바보 제자, 이 임무가 끝나면 이 칭호로 자신을 밝히도록 해."

"스파이가 자신을 밝히면 안 되지."

드물게도 제대로 된 반론이었으나 무시하고 고했다.

"『세계 최강의 스파이』."

유치한 네이밍이었다.

하지만 남자는 의외로 마음에 든 듯했다.

"극상이야—."

바로 출발하려는 모양이었다. 남자는 붓을 정리하고서 정장 차림으로 갈아입고 무기를 옷에 장착해 나갔다. 교살용 와이어를 숨긴 손목시계, 녹음 기능이 있는 만년필, 옷깃에는 면도칼을 감추고, 소매 부분에는 긴 바늘을 숨겼다.

5분도 지나지 않아 채비를 마친 남자에게 기드는 말했다.

"다녀와라."

남자는 눈을 동그랗게 떴다. 평소 하지 않는 말에 당황한 것 같았다.

"—다녀오겠습니다."

잠시 간격을 두고서 남자는 부끄러운 듯이 미소를 머금었다.

1장 협박

세계는 아픔으로 가득했다—.

역사상 최대 규모의 전쟁이 세계에 남긴 것은 부조리한 고통, 그리고 생생한 상흔이었다. 세계 대전이라고 불리는 전쟁은 갈가드 제국의 항복으로 종결했으나 전승국 측도 사상자가 천만 명을 넘어서 실질적으로 승자가 없는 전쟁이 되었다.

사상자 대부분은 민간인. 그것도 세계 대전의 특징이었다.

이제는 검과 활로 전쟁하는 시대가 아니었다.

과학 기술이 진보한 시대, 병기 하나하나의 살상력은 구시대와 격이 다르다. 기관 단총, 독가스, 전투기, 대인 지뢰— 이것들은 사람을 과하게 죽인다. 특히 서로가 이성을 잃은 대전 종반에는 분별없는 학살이 각지에서 벌어졌다. 피해자는 힘없는 여자와 어린아이들이었다.

종전 후, 참상을 목도한 전 세계의 정치가가 인식했다.

전쟁은 가성비가 나쁘다고.

결국 전쟁은 외교 수단 중 하나에 불과하다.

대체할 다른 수단이 있다면 딱히 전쟁을 하지 않아도 된다.

석유 채굴권을 얻기 위해 전차를 꺼낼 필요는 없다. 적국의 정치가를 후려서 조약을 체결하는 것이 더 효율적이다. 수단은 얼마든지 있다. 가족을 인질로 잡고 협박해도 되고, 돈과 망명을 약속하여 매수해도 되고, 여자를 안겨서 장기말로 삼아도 된다. 거슬리는 정치가는 스캔들로 실각시키면 된다. 암살하면 된다. 자국민 수백만 명을 잃는 전쟁보다 훨씬 효율적이다.

평화 따위 표면상으로만 지키면 된다.

강화 조약이 세계 각지에서 맺어지고, 평화를 조건으로 내걸어 국제기관이 수립되었다. 첫 회의에서는 세계 각국의 수뇌가 나란히 서서 생글생글 웃으며 함께 악수했다.

이리하여 「빛의 전쟁」은 종언을 맞이했다.

현대에 펼쳐지는 것은 스파이들의 정보전—「그림자 전쟁」이었다.

딘 공화국은 세계 대전의 피해국이었다.

본래 전쟁과 관계없는 시골 국가였다. 산업 혁명 때도 공업화의 물결을 타지 못하고 질 좋은 농작물을 계속 생산했다. 식민지를 넓힐 국력도 없고, 침략당할 만한 자원도 없었다. 하지만 당시 세계 지배를 노리던 갈가드 제국과 인접해 있었기에 일방적인 침략을 받아 다수의 사상자를 냈다.

대전이 끝난 후, 국가 정책 기조는 여전히 평화주의였으나 「그림자 전쟁」에서 이기기 위해 스파이 교육에 힘을 쏟기 시작했다.

10년의 세월을 들여 나라 각지에 스파이 양성 기관을 설립했다.

전국에서 수백 명의 스카우트가 장래성 있는 아이를 양성 학교에 보냈다. 그리고 가차 없이 선별했다. 미숙한 스파이는 악이라는 것처럼. 양성 학교는 사분기마다 엄격한 시험을 시행하여 졸업생의 수를 압축했다. 가혹한 졸업 시험에선 사망자도 나오는데—.

"예? 제가 졸업?! 시험도 안 받았는데요? 앗싸아아아아!"

이날, 예외가 생겼다.

양성 학교의 교장은 자기 방으로 부른 소녀를 보고 크게 한숨을 쉬었다.

"임시 졸업이에요. 졸업이 아닙니다."

"하지만 어엿한 스파이로 일할 수 있는 거잖아요? 낙제 직전인 제가!"

"그건, 뭐, 그렇지만……."

정말로 어째서 이 소녀가 뽑힌 걸까. 교장은 손에 든 서류를 보았다.

가명은 릴리, 17세. 필기시험에서는 좋은 성적을 자랑하며, 어떤 특이 체질을 지녔다. 하지만 실기시험에서는 괴멸적인 평가를 받고 있다. 큰 실수를 되풀이하여 아슬아슬하게 낙제를 면하고 있었다. 담당 교관은 다음 시험에서 퇴학일 거라고 단언했다.

외모가 높이 평가된 걸까? 교장은 릴리를 새삼 관찰했다. 윤기 흐르는 은발과 사랑스러운 동안, 옷 속에서도 존재감이 강한 풍만한 가슴. 열일곱 살은 너무 젊지만, 그 나이를 좋아하는 남자도 많다. 남자를 유혹하여 홀리는 존재. 즉, 허니 트랩 요원.

"……미인계는 잘 쓰니?"

"예? 흐에, 흐에에에에? 무리예요! 저는 야한 건 못해요!"

"여자 스파이로서 치명적이네……."

"그렇게 무리한 말씀을 하셔도…… 어? 혹시 제 임무가……."

"아니야."

"아니구나. 다행이네요~."

릴리는 안심한 얼굴로 가슴을 쓸어내렸다.

교장은 다시 한숨을 쉬었다.

상대는 이 참상을 알고서 릴리를 고른 걸까?

"아니라는 건 아직 자세한 내용을 듣지 않았다는 뜻이야."

교장은 릴리를 엄중하게 바라보았다.

"『불가능 임무』라고 아니?"

릴리는 입가에 손을 댔다.

"으음, 동포가 한 번 실패한 임무의 통칭이었던가요?"

"맞아."

교장은 손가락을 딱 튕겼다.

"스파이나 군인이 실패한 임무, 혹은 그 난이도 때문에 달성 불가능하다고 판단된 임무— 그게 『불가능 임무』야."

"하아……."

"그리고 그 『불가능 임무』를 전문으로 수행하는 팀이 결성됐다고 해."

「네?」 하면서 릴리가 눈을 동그랗게 떴다.

그 경악에 동의하는 뜻을 담아 교장은 고개를 끄덕였다. 그녀가 생각하기에도 제정신이 아닌 짓이었다.

한 번 실패한 임무를 재도전하면, 그 난이도는 훌쩍 뛴다. 타깃이 경계하고, 한 번 쓴 수단은 쓸 수 없다. 첫 번째 실패로 정보도 외부에 샌 상태다.

불가능 임무에는 손대지 마라— 그게 이 세계의 상식이었다.

그걸 전문으로 수행하는 팀이라니 전대미문이다.

"이름은 『등불』— 그게 네가 배속될 팀이야."

릴리의 얼굴이 굳었다.

교장은 목소리 톤을 낮추고 말했다.

"구태여 엄격하게 말하겠습니다. 당신에게는 확실히 가능성이 있어요. 보기 드문 미모, 특이 체질, 수업에 진지하게 임하는 태도. 장래성은 있죠."

"우후후, 칭찬받는 건 오랜만이에요."

"반대로 말하자면 그것 말고는 장점이 없습니다."

"……."

"낙제 직전인 낙오자— 이 학교가 내린 평가입니다. 『당신은 스파이 능력이 없습니다』. 심술을 부리거나 나태하게 내린 평가가 아니라 우수한 교원이 판단한 결과예요. 초고난도 임무를 소화하지는 못할 겁니다. 불가능 임무는 일류 스파이라도 성공률 10% 미만, 사망률은 90%가 넘는다고 해요."

"사망률 90%……."

"릴리, 그래도 『등불』에 갈 건가요?"

걱정은 타당했다. 실제로 릴리는 실수만 저질렀다.

한 달 전 시험에서 릴리는 타깃의 눈앞에서 총을 떨어뜨렸다.

4개월 전 시험에서는 길을 잃고 헤매다가 제한 시간이 끝나기 전에 아슬아슬하게 클리어했다.

7개월 전 시험에서는 훔친 암호 코드를 변기에 흘리고 물을 내렸다.

시험에 겨우겨우 합격하고 있는 존재였다.

교장은 죄책감조차 느꼈다.

자신은 그저 소녀를 죽음으로 내몰고 있는 게 아닐까?

"……교장 선생님은 선의로 말씀하시는 거겠죠."

릴리는 시선을 떨어뜨렸다.

"아하하, 그렇기에 가슴이 아파요. 누가 꽉 움켜쥔 것 같아요……."

"제자를 죽이고 싶지 않습니다."

물론 교장에게는 결정권이 없었다. 릴리의 임명은 양성 기관보다 상위 기관이 결단했다.

그래도 본인이 거절한다면 일고할 여지는 있었지만—.

"저는 『등불』에 가겠어요. 도망치는 짓은 절대 안 해요."

소녀는 당당히 고했다.

"코드 네임 『화원(花園)』, 결사의 각오로 가겠습니다!"

그 눈동자에는 결의가 깃들어 있었다.

그 각오가 있다면 괜찮을 거라고 교장은 납득했다.

"말은 그렇게 했지만. 결사의 각오 따위 없답니다♪."

그러면서 릴리는 혀를 내밀었다.

기숙사의 소각로에서 그녀는 신나게 혼잣말을 되풀이했다. 개인 물건을 차례차례 소각로에 던져 넣어 그녀가 재적했던 흔적을 지웠다. 양성 학교가 있는 산에 매연이 피어오르는 모습을 바라보며 그녀는 에헴 하고 가슴을 쭉 폈다.

"간단한 추리죠. 불가능 임무를 전문으로 수행하는 초인 팀. 틀림없이 엘리트가 모여 있을 거예요. 평범한 팀보다 오히려 안전해요. 대출세! 이야~ 숨어 있어도 재능은 발견된다니까요. 후후, 역시 아는 사람은 아는 거예요."

학생들은 모두 아는 사실이지만, 릴리는 한 성격 하는 소녀였다.

교장의 우려를 신경 쓰지 않고 그저 임시 졸업이라는 사실에 들떠서 필요 없는 물건을 처분했다.

엘리트 팀의 일원이 될 수 있다!

심지어 많은 급료를 받을 수 있다!

그 장점에 신이 나서 릴리는 「예이~! 청춘아, 불타라!」 하고 노트와 시험지를 휙휙 태웠다. 8년간 지낸 기숙사 방에는 쓰레기가 많이 쌓여 있었다.

마침내 쓰레기통이 거의 비워졌을 때, 문득 어떤 서류가 눈에 들어왔다.

『학생 수와 장래성을 감안하여 이번에는 합격입니다.』

쓰레기통 밑바닥에 처넣은 통지문—.

말없이 찢어서 소각로에 던져 넣었다.

똑같은 것을 열 장 연속으로.

장래성— 릴리가 계속 들었던 말이다. 자연스럽게 갖춘 재능으로 릴리는 이 학교에 남았다. 하지만 이 재능은 언제 개화하는 걸까?

평범함을 몇 년 버티면 되는 걸까?

업신여김을 얼마나 견디면 되는 걸까?

"그래도 할 거예요……."

이 학교에서 맛본 고뇌를 전부 불태웠다.

"저는 엘리트 집단에서 재능을 개화시킬 거예요. 안녕, 나의 모교!"

기숙사 방 청소를 끝내고 양성 학교를 나섰다. 아쉽게도 룸메이트에게 작별을 고할 시간은 없었다. 아마 룸메이트는 빈방을 보고 이렇게 생각할 것이다. 아아, 머저리가 드디어 퇴학당했구나.

익숙하지 않은 버스와 기차를 갈아타며 하루—.

어떤 항구 도시에 도착했다. 딘 공화국에서는 세 번째로 인구가 많은 도시. 수도에서 멀지 않고, 해외와 이어지는 현관문으로서 번영한 도시였다. 기차에서 내리니 벽돌 건물이 쭉 늘어서 있어서 저도 모르게 한숨이 흘러나왔다.

릴리는 꽃 파는 사람과 신문팔이를 피해 지정된 건물에 도착했다.

화이트칼라인 도시 노동자가 오가는 거리, 시계방과 페인트 시공사 사이에 2층 건물이 있었다. 간판에 적힌 글자는 『가마스 종교학교』. 접수처에서 접수원으로 보이는 남자가 담배를 피우고 있었다. 용기를 내 들어가서 「아주 멋진 전학생이 왔어요」라고 전하자 남자는 일순 눈을 가늘게 뜨더니 안쪽으로 들어가라며 엄지로 뒤쪽을 가리켰다.

오오, 스파이 같아. 릴리는 감탄했다.

릴리는 명목상 가공의 종교 학교에 다니는 학생이었다. 신분증과 교복도 미리 받았다.

접수원이 가리킨 방은 창고였다. 대량의 나무 상자가 쌓여 있었다. 그걸 밀자 지하 통로로 연결된 계단이 있었다. 어두운 지하 통로를 한동안 걸어가니 시야가 트였다.

거대한 저택이 있었다.

귀족이 사는 궁전이라고 해도 될 만한 저택이었다.

입을 쩍 벌리고 말았다.

거리 어디에 이런 공간이 있었을까. 건물끼리 성벽처럼 이어져서 시야를 덮고 있었다. 분명 도시에 오래 산 사람조차 이 저택의 존재를 모를 것이다.

'이곳에 『등불』 멤버들이…….'

릴리는 침을 삼켰다.

'역시 불가능 임무를 수행하는 엘리트 스파이의 본거지예요.'

어떤 천재가 기다리고 있을까.

두렵기도 하지만, 가능하다면 우수했으면 좋겠다. 안 그러면 누가 자신의 재능을 일깨워 주겠는가.

쿵쿵 뛰는 고동을 억누르고서 릴리는 저택 문을 열었다.

"코드 네임 『화원』, 도착했습니다!"

스파이답지 않게 당당히 이름을 밝혔다.

자, 나오세요. 엘리트들.

기대와 긴장을 담은 눈길로 앞을 보았다.

"어라……?"

고개를 갸웃했다.

저택 현관— 그곳에는 릴리 또래의 소녀가 여섯 명 있었다.

그녀들은 커다란 여행 가방을 안고서 내방자에게 시선을 보내고 있었다. 보아하니 그녀들도 이제 막 도착한 듯했다. 릴리와 마찬가지로 지급받은 학생복을 입고 있었다.

"야, 너."

그중 한 명, 백발 소녀가 사납게 노려보았다.

늠름한 분위기를 풍기는 쇼트커트 소녀였다. 눈매가 올라가 있었고, 찌르는 듯한 날카로운 시선을 보내왔다. 탄탄한 몸매도 어우러져서 꽤 위압적이었다.

"양성 기관에서 받은 성적을 말해."

"어…… 으음, 『등불』 멤버들은 어디 있나요?"

"먼저 질문에 대답해. 하찮은 거짓말 하지 말고."

어? 이 갑작스러운 질문은 뭐지? 면접?

위협적인 시선에 반사적으로 입을 놀리고 말았다.

"소, 솔직히 말하자면 낙오자—."

그 대답을 차단하며 소름 끼치는 소리가 현관에 울렸다.

시계의 종.
정면에 걸린 괘종시계가 저택 전체에 정각을 알렸다.
시각을 보니 여섯 시.
사전에 전달받은 집합 시각이었다.

"—극상이야."

일곱 소녀가 일제히 고개를 들었다.
언제 나타났는지 현관 정면의 대계단 위에 정장 차림의 인물이 있었다.
어깨 근처까지 기른 머리와 하얀 피부 탓에 일순 여성으로 보였지만, 군살 없는 호리호리한 장신을 보고 겨우 남성이라고 판단할 수 있었다. 아름다운 남성이었다. 그 아름다움이 모든 군더더기를 배제하여 성립된 것임을 깨닫자 싸늘한 무표정이 섬뜩하게 느껴졌다. 머리만 잘 정돈한다면 거리에 녹아들어 사라질 듯했다.
다만 어째선지 정장은 새빨갛게 더러워져 있었다. 피가 튄 것처럼 붉었다.
"아지랑이 팰리스에 온 걸 환영한다. 나는 『등불』의 보스, 클라우스다."
아지랑이 팰리스— 그게 이 건물의 이름인 모양이다.
남자는 계단 위에서 설명을 계속했다.
"잘 왔다. 나와 너희 일곱 명이 『등불』의 멤버다. 이 멤버로 불가

능 임무에 도전한다."

"예?"

릴리가 반문했다.

"임무는 한 달 후. 그때까지 내가 너희를 단련할 예정이지만…… 그래, 오늘은 긴 여행으로 지쳤겠지. 훈련은 내일부터 하고 동료들과 친목을 다지도록 해."

클라우스는 몸을 돌려 저택 안쪽으로 사라졌다.

얼떨떨했다.

저 남자가 지금 뭐라고 했지?

『등불』의 멤버는 남자 한 명과 소녀들뿐이라고?

불가능 임무까지 한 달?

"저 남자, 목적이 뭐야?"

아까 말을 걸어왔던 늠름한 백발 소녀가 중얼거렸다.

"우리 같은 문제아들만 모아서 불가능 임무라니."

추격타를 가하는 정보에 릴리가 눈을 크게 떴다.

백발 소녀는 무겁게 고개를 끄덕였다.

"그래, 맞아. 일곱 명 전원— 양성 학교의 낙오자야."

황당해서 한동안 말이 안 나왔다.

풋내 나는 일곱 소녀와 방금 본 알 수 없는 남자.

그들끼리만 도전하는 모양이다.

사망률 90%의 초고난도 임무에—.

클라우스가 아무런 설명도 하지 않고 떠났기에 소녀들은 알아서 저택을 탐색했다.

아지랑이 팰리스의 인테리어는 딱 봐도 호사스러웠다.

건물 내에 붉은 융단이 빈틈없이 깔려 있고 담화실에는 가죽 소파가 놓여 있었다. 주방에는 찬장에 고급 식기가 가득했고 최신식 가스레인지가 설치되어 있었다. 지하에는 대욕탕과 유희실도 있었다.

마지막으로 대형 홀에 가서 메시지를 발견했다.

벽에 커다란 칠판이 있고 글자가 적혀 있었다. 여성이 쓴 듯한 동글동글한 글자. 클라우스가 적었을 것 같지는 않았다.

『아지랑이 팰리스·공동생활 규칙』.

거기에는 이곳에서 지내기 위한 규칙이 자세히 적혀 있었다.

"어? 오늘부터 여기서 살아도 되는 거예요?!"

릴리가 환호성을 질렀다.

오오, 다른 소녀들도 감탄했다.

칠판에는 자유롭게 사용해도 되는 방과 저택을 드나드는 방법이 적혀 있었다. 흠, 그렇구나. 그렇게 읽어 나가다가 마지막 두 줄에서 고개를 갸웃했다. 그 두 줄만 지저분한 글씨로 적혀 있었다.

『규칙㉖ 일곱 명이 협력하여 생활할 것.』

『규칙㉗ 외출 시에 진심을 다할 것.』

소녀들의 머리에 물음표가 떠올랐다.

전자는 굉장히 어린애 같았고 후자는 의미 불명이었다.

다 같이 궁리해 봤지만 대답이 떠오르지 않았다.

그때, 백발 소녀가 테이블에 놓인 봉투를 발견했다.

"오, 돈도 있잖아. 일단 친목회라도 열자."

그녀가 발견한 봉투 안에는 생활 자금이 아주 넉넉하게 있었다.

이왕 여는 친목회, 일곱 소녀는 다 같이 저녁밥을 준비하기 시작했다. 다 같이 재료를 사러 가고 한 사람이 하나씩 준비해 나갔다. 저택의 조리 기구는 전부 일급품이었다. 단순한 신품이 아니라 오래 쓰인 물건이었다.

스파이가 되기 위해 훈련받은 소녀들은 웬만한 집안일을 할 줄 알았다. 순식간에 저녁밥이 완성됐다.

요리와 사과 주스로 건배하고서 소녀들은 허심탄회하게 대화를 나눴다.

그리고 바로 친해졌다.

소녀 한 명이 양성 학교에서 받았던 가혹한 훈련을 이야기하면 다른 소녀도 손뼉을 치며 공감했다. 이야기가 무르익자 또 다른 소녀가 자기가 다니던 학교는 더 힘들었다며 자학을 섞어 우스갯소리처럼 말했다. 아무튼 대화가 끊기지 않고 계속 전개됐다.

다들 낙오자이기 때문일까요. 그렇게 릴리는 분석했다.

소녀 중에는 낮은 성적을 인정하지 않는 자도 있었지만 각자 문제를 안고 있는 것은 사실인 듯했다.

출신지도, 다니던 양성 학교도, 나이도 제각각이었으나 자연스럽게 죽이 맞았다.

기구한 만남뿐만 아니라 호화로운 저택에도 마음이 들떴다. 양성 학교는 규율이 철저하여 마음 편히 식사할 수 있는 환경은 아니었다. 식사도 검소해서 대부분 채소 찌꺼기와 살이 별로 없는 고기뿐인 요리였다.

"양성 학교에서는 몰랐는데."

릴리가 주스를 들이마셨다.

"스파이는 이렇게 호화롭게 생활하는군요. 이미지랑 달라요."

"그러니까 말이야! 천국 같은 나날을 보낼 수 있을 것 같아."

백발 소녀가 슬쩍 웃었다. 참고로 그녀는 열일곱 살로 릴리와 동갑이라고 판명되었다.

완전히 친해진 두 사람은 「예이~」 하며 하이파이브를 했다.

하지만 한편으로 냉정하게 현재 상황을 바라보는 소녀도 있었다.

"묘함다."

갈색 머리가 구불구불한 소녀였다.

소심하게 생겼다. 나이는 열다섯으로 어린 편. 고개를 숙이고서 눈썹을 팔자 모양으로 만든 채 손가락을 맞대고 꼼지락거렸다. 야수에게 겁먹은 작은 동물 같았다. 눈이 촉촉한 것이 금방이라도 울 것 같았다.

"이 저택, 얼마 전까지 누군가가 생활하고 있었슴다."

"응? 그게 왜? 역사가 있어서 좋잖아."

"그 입주자는 어디로 사라진 검까……? 역시 이 팀은 이상함다. 저 같은 열등생끼리 불가능 임무라니."

"음~? 확실히 신경 쓰이지만, 내일 가르쳐 주겠지."

백발 소녀가 치킨을 입안 가득 넣었다. 그걸로 이야기는 끝이라는 듯이.

하지만 갈색 머리 소녀는 납득하지 못한 것 같았다. 시무룩하게 눈을 내리떴다.

"확실히 상상과는 조금 달랐지만."

수습하듯 릴리가 말했다.

"이건 이것대로 최고예요."

다른 소녀들이 일제히 그녀에게 시선을 보냈다.

릴리는 천장에 달린 샹들리에를 바라보며 달콤한 어조로 말했다.

"생각해 보세요. 이런 호화 저택에서 여자들끼리 삼시 세끼를 먹고, 훈련하고 임무를 수행하고, 목욕하고, 밥 먹고, 보드게임을 하고, 가끔은 밤놀이하러 나가고, 그리고 스파이로서 대활약할 수 있다면— 그건 최고잖아요."

"밥 네 번 먹고 있는데."

백발 소녀가 지적했다.

"많이 먹으면 좋죠, 뭐."

"바람 자체는 나쁘지 않지만."

릴리의 소망에 반대 의견은 나오지 않았다.

어쩌면 다들 똑같은 마음일지도 모른다.

"그 멋진 야망을 이룰 방법은 정해져 있어."

또 다른 소녀 한 명이 끼어들었다.

검은 생머리 소녀였다. 소녀들 중에서 가장 나이가 많은 열여덟 살. 눈길을 끄는 빼어난 몸매와 눈부시게 아름다운 얼굴. 그 아름다움을 더욱 부각하는 고아한 미소를 짓고 있었다.

"임무를 달성하면 돼. 이렇게 다 같이!"

왠지 반장 같은 그녀가 말하니 상황이 정리되었다.

자연스럽게 그것이 해산 신호가 되었다.

정리 당번을 가위바위보로 정하고서 소녀들은 자기 방으로 향했다. 아지랑이 팰리스에는 방이 넉넉하여 소녀들은 개인실을 손에 넣었다.

좋은 동료를 만났네요. 릴리는 만족하며 자기 방으로 향했다. 가는 도중에 우울한 표정을 짓고 있는 소녀가 시야에 잡혔다.

아까 불안을 호소했던 소심한 갈색 머리 소녀였다.

"……역시 아직 불안한가요?"

미소 지으며 말하자 소녀는 작게 고개를 끄덕였다.

"한심하지만 그렇습다……."

가냘픈 목소리였다. 얼굴 근육이 굳어 있었다.

"저기, 혹시 릴리 씨는 도망칠 방도 같은 거 생각해 두셨습까?"

"도망?"

"불가능 임무에 도전하기 전에 도망치는 겁다."

"으음~ 안타깝게도 저는 친척이 없어요. 가족도 없는걸요."

"으으…… 학교에서는 임시 졸업이라고 했고…… 사면초가임다……."

아무래도 소녀 또한 친척이 없는 듯했다.

스파이 양성 학교의 학생은 사고나 불행으로 부모를 잃은 경우가 많다.

그런 사정도 없이 가혹한 공작원이 되고자 하는 이는 별로 없을 것이다.

"과한 걱정이에요."

릴리는 동료를 격려하고자 활짝 웃었다.

"애초에 클라우스 씨도 승산 없이 낙오자를 모을 이유가 없잖아요. 부하가 잔챙이면 위험한 건 자신이에요. 내일부터 완벽한 수업으로 우리를 단련할 거예요."

"부, 불가능 임무를 달성할 수 있을 만큼……?"

"물론이죠! 엄청난 오라를 마구 내뿜던 그 사람이 굉장한 수업으로 우리의 재능을 각성시켜 줄 거예요."

근거 없는 격려는 아니었다.

그에게는 양성 기관의 교관을 아득히 능가하는 위압감이 있었다. 아마 육성의 천재이리라. 낙오자를 모아다가 불가능 임무에 도전하는 이상, 상응하는 자신감이 있을 터다.

"……그것도 그렇습다."

갈색 머리 소녀의 표정이 풀어졌다.

"감사함다. 마음이 차분해졌어요. 푹 잘 수 있을 것 같습다."

"천만에요. 그럼 내일부터 시작될 훈련에 대비해, 안녕히 주무세요!"

릴리는 작게 손을 흔들었다.

물론 불안하기는 했다. 현재 상태로 자신들은 불가능 임무를 달성할 수 없다. 자세한 임무 내용은 불명이지만, 낙제 직전의 소녀가 사망률 90%를 극복할 수 있을 리가 없다.

그러니 클라우스가 이 상황을 타개해 주리라— 그렇게 굳게 믿었다.

아지랑이 팰리스를 찾아오고 둘째 날.

소녀들이 대형 홀에 대기하고 있으니 클라우스가 나타났다. 어제 입었던 붉게 얼룩진 옷이 아니라 청결한 바지 차림이었다. 본인의 용모가 반듯하여 릴리는 일순 홀린 듯이 보고 말았다.

고동치는 심장을 얼버무리듯 「안녕하세요, 보스」 하고 인사했다.

"그 호칭은 소름 끼치는데."

클라우스가 눈썹을 찌푸렸다.

"보스라고 하지 마. 선생님, 아니면 클라우스라고 불러."

"네에…… 그럼 선생님이라고 부를게요."

"그래. 그럼 바로 회의를 시작할까."

대형 홀에는 ㄷ자 형태로 놓인 소파가 있었다. 그 소파에 앉아 대기하던 소녀들이 마음을 다잡았다.

클라우스는 한없이 마이페이스로 이야기하기 시작했다.

"설명하지. 『등불』은 불가능 임무 달성이 목적인 임시 팀이다. 임무는 갈가드 제국의 연구 시설에 잠입하는 것. 자세한 내용은 후일

말하겠지만, 시설 내에 있는 어떤 물건을 훔칠 거다. 이 임무가 불가능 임무라고 불리는 것은 지난달 이 임무에 관여한 스파이팀이 실패했기 때문이다. 전원 사망. 아무런 정보도 가져오지 못했어."

소녀 중 누군가가 「전원 사망……」 하고 신음했다.

클라우스는 고개를 끄덕였다.

"우리는 한 달 후에 출발하여 연구 시설 잠입 임무에 들어간다. 남은 시간은 얼마 없어."

정식으로 내용을 듣고 릴리의 다리가 떨렸다.

일류 스파이조차 완수하지 못한 임무를 낙오자인 자신들이 도전하는 건가. 역시 이 말만 들으면 허무맹랑하게 여겨졌다.

"걱정하지 마."

클라우스가 다정한 목소리로 말했다.

"나는 보다시피 **세계 최강의 스파이**야. 나보다 우수한 스파이는 존재하지 않아. 내 수업을 소화하면 불가능 임무 같은 건 어린애 장난이나 다름없어."

교육에는 자신이 있는 듯했다.

불안 따위 모르는 당당한 태도였다.

"아니, 『보다시피』라고 해도 모르겠는데."

백발 소녀가 늠름하게 고했다. 클라우스의 선언에도 겁내지 않고 날카롭게 지적했다.

클라우스는 깊이 고개를 끄덕였다.

"그럼 내 수업을 받고 판단하면 돼."

그는 대형 홀에 놓인 나무 상자에서 자물쇠를 여러 개 꺼냈다. 그걸 학생들에게 하나씩 던졌다.

"예전에 제국의 군사 시설에서 쓰였던 자물쇠다. 잠입 시에는 이걸 푸는 기술이 필수야."

릴리는 받은 자물쇠를 관찰했다.

일반적으로 유통되는 자물쇠보다 크고 무거웠다.

"이 자물쇠를 풀어라. 제한 시간은 1분."

난데없이 시험이라니!

뭐라고 반응할 새도 없이 릴리는 주머니에서 피킹 도구를 꺼냈다. 하지만 자물쇠 내부에 도구를 꽂고 나서 이해했다. 피킹 대책이 세워진 특제품이었다. 맞춰야 하는 시어라인이 어떻게 흩어져 있는지조차 알 수 없었다.

이런 걸 1분 안에 풀라니 무리예요. 릴리는 한탄했다.

삐질삐질 땀을 흘리는 사이에 제한 시간이 지났다.

"끝이다."

클라우스가 잘라 말했다.

돌아보니 성공한 사람은 한 명뿐이었다. 나머지 여섯 명은 릴리와 마찬가지로 실패했다.

하지만 이런 것은 못 하는 게 보통이었다.

양성 학교에서도 이렇게 복잡한 자물쇠는 본 적이 없었다.

클라우스는 풀리지 않은 자물쇠를 회수했다.

"성공한 사람은 한 명인가. 신경 쓰지 마. 예상했던 범위야."

"큭."

백발 소녀가 얼굴을 붉혔다.

"그러는 당신은 할 수 있어?!"

"의심스럽다면 봐 둬."

다음 순간, 클라우스는 자물쇠 여섯 개를 위로 던졌다.

"자물쇠는 이렇게— 알맞게 풀어라."

뒷일을 릴리는 인식하지 못했다.

클라우스가 두세 번 팔을 휘둘렀다.

하지만 그 이상은 전혀 보이지 않았다. 이해할 수 있었던 것은 초래된 결과뿐이었다.

풀린 자물쇠 여섯 개가 융단에 떨어졌다.

한 개에 1분은커녕— 여섯 개가 1초 만에 풀렸다.

소녀 중 누군가가 「굉장해……」 하고 신음했다.

릴리도 망연했다.

양성 기관의 교관 수준을 초연하게 웃돌았다. 이 정도 기술이 있다면 어떤 시설이든 잠입하여 기밀문서를 훔칠 수 있다. 그런 확신이 드는 신기였다.

이것이 제일선 스파이의 실력—.

이쯤 되면 인간의 경지가 아니다.

"말했잖아? 나보다 우수한 스파이는 존재하지 않아."

그게 실력이 뒷받침되어 나온 자신감이라는 것이 증명되었다.

릴리의 다리 떨림이 멎었다.

—신뢰할 수 있을지도 모른다.

"이걸 보고도 아직 불안한 자가 있나?"

소녀들은 모두 고개를 가로저었다. 이의를 제기하는 자는 없었다. 소녀들은 모두 선망과 기대의 눈길을 클라우스에게 보냈다.

1초라도 빨리 수업을 받고 싶다고 그 표정들이 말하고 있었다.

역시 이 사람이 저를 바꿔 줄 거예요. 릴리도 눈을 크게 떴다.

학생들에게 선망의 눈길을 받으며 클라우스는 여유롭게 입을 열었다.

"그럼 다음 강의인데—."

"예?"

"응?"

묘한 간격이 있었다.

클라우스가 이상하다는 듯 고개를 갸웃했고 릴리도 「어라?」 하고 고개를 갸웃했다.

기분 탓일까요. 지금 이 선생님이 이상한 말을 한 것 같은데.

착각이겠거니 싶어서 릴리는 머리를 숙였다.

"아, 수업을 중단시켜서 죄송합니다, 선생님."

"아니, 의문이 있다면 말해."

"괜찮아요! 해설을 계속해 주세요! 저는 그게 빨리 듣고 싶어서—."

"끝났어."

"예……?"

"피킹 도구를 알맞게 써서 풀면 돼. 너희는 잘못 사용했기에 풀리지 않았어. 자물쇠 따는 해설은 이걸로 끝이다."

"""""""""…………."""""""""

소녀 전원이 무거운 침묵을 공유했다.

시선을 맞부딪쳤다. 역시 다들 똑같은 기분인 것 같았다.

이 남자, 혹시—.

클라우스도 상황이 묘하다는 걸 알아차린 듯했다.

이상하다는 얼굴로 마주 보았다.

"……설마 이해가 안 되나?"

「설마」는 이쪽이 할 말입니다.

릴리는 그 마음을 담아 시선을 부딪쳤다.

클라우스는 팔짱을 끼고 몇 초 침묵한 후에 입을 열었다.

"……크게 서비스하지. 향후 수업 일정을 알려 주마. 교섭 『아름답게 말해라』편, 전투 『아무튼 쓰러뜨려라』편, 변장 『비교적 어떻게든 된다』편이 있는데, 따라올 수 있겠나?"

"무리예요."

"정말로?"

"정말로요."

"『아름답게 말해라』를 『나비처럼 말해라』로 바꿔도?"

"더 혼란스러워졌어요."

"그렇군. 극상이야."

클라우스는 깊이 고개를 끄덕이더니 한숨을 쉬었다.

"처음으로 자각했어. —나는 수업을 못하는 모양이야."

터무니없는 소리를 스치듯이 내뱉고서 그는 대형 홀을 걷기 시작했다. 벌어진 입을 다물지 못하는 소녀들 앞을 지나 홀의 문에 도착하자 한마디 남기고서 떠났다.

"나머지는 자습이다."

정적.

소녀들은 한동안 침묵했지만, 사태를 헤아리고 다시 한번 얼굴을 마주한 뒤, 서로 고개를 끄덕이고 일제히 일어나서 외쳤다.

""""""""잠깐 기다려어어어어어어어어!""""""""

대형 홀은 아비규환이었다.

"대체 저는 뭘 본 거죠!" "웃어넘길 일이 아닙다!" "줄곧 신경 쓰였는데, 대체 뭐가 어떻게 『극상』이라는 거야!" "저건 상당히 너무한데……."

소녀들이 저마다 아우성칠 만도 했다.

희망이 사라졌다.

낙오자가 불가능 임무를 달성할 방법이 없어졌다.

"이런 상태로 어떻게 임무에 도전하라는 겁까!"

갈색 머리 소녀가 평소보다 한층 더 울 것 같은 표정을 지었다.

릴리도 입술을 떨었다. 마침내 자신들이 놓인 상황이 이해되었다.

『등불』의 보스— 그 남자는 심각한 허당이다.

"최, 최악의 상황에는 우리끼리 훈련해서 상응하는 실력을 쌓으면 되지 않을까요…….”

“하지만 문제는 훈련만이 아니야.”

흑발 소녀가 얼굴에 손가락을 댔다. 어른스러운 고아한 동작이었다.

“그 사람은 교관 겸 보스. 즉, 작전 지휘도 그가 담당해.”

“으음, 요컨대?”

“제대로 지시를 내릴 수 있을까? 『뒷문으로 알맞게 잠입해라』 『두더지처럼 찾아라』라는 명령이 떨어질지도 몰라.”

있을 법했다.

아니, 틀림없이 그럴 것이다.

릴리는 자신의 얼굴이 창백해지는 것을 느꼈다.

“못 해 먹겠네. 안 해애애애애애애!”

미증유의 위기에 백발 소녀가 외쳤다.

둑이 터진 것처럼 다른 소녀들도 각기 떠들기 시작했다.

천국에서 지옥으로 일변.

이리하여 새로운 스파이팀 『등불』은 시동한 지 한 시간도 되지 않아 붕괴했다.

릴리는 식자재를 끌어안고서 혼잡한 거리를 걷고 있었다.

장 보러 나온 것은 좋지만 다리에 힘이 들어가지 않았다. 무거운 발걸음으로 아지랑이 팰리스에 돌아갔다. 도중에 몇 번이나 감자를 흘릴 뻔해서 깊은 한숨을 쉬었다.

'어째서 일이 이렇게 됐을까요……?'

결국 클라우스는 방에 틀어박혀 나오지 않았다.

어쩔 수 없이 소녀들끼리 자물쇠 따기 훈련을 했지만 그런 건 양성 학교에서 실컷 했다. 급격한 성장은 기대할 수 없었다.

독학으로 어떻게든 될 것 같았으면 자신들은 낙오자가 되지 않았다.

한 달 뒤로 다가온 불가능 임무를 달성할 수 있을 리가 없다.

'정말이지, 선생님이 완벽한 수업으로 재능을 각성시켜 줄 거라고 한 바보가 대체 누구죠! 이대로 가다가는 재능을 개화시키기는커녕 죽어 버릴 거예요!'

마음속으로 욕하며 다가오는 현실에 몸서리쳤다.

지금 생각해 보니 양성 학교의 교장은 이 전개를 염려했던 것 같다.

—정말로 도망쳐 버릴까?

동료가 했던 말이 머릿속을 스쳤다.

'하지만 도망칠 곳도 없고…… 게다가—.'

자신 혼자 도망치면 동료들은 어떻게 되지?

『바람 자체는 나쁘지 않지만』 하고 말하면서 늠름하게 고개를 끄덕였던 백발 소녀.

『임무를 달성하면 돼. 이렇게 다 같이!』 하고 말하면서 고아하게 격려했던 흑발 소녀.

『마음이 차분해졌어요. 푹 잘 수 있을 것 같습다』 하고 말하면서 소심하게 웃었던 갈색 머리 소녀.

그녀들과 지낸 시간은 고작 하룻밤이다.

하지만 릴리와 비슷한 나이고, 릴리와 똑같은 처지였던 소녀들이다. 그런 동료를 죽게 내버려 두고서 자신 혼자만 도망치자고……?

'하지만…… 내가 할 수 있는 일이라고 해 봤자…….'

그때, 머릿속에 아이디어가 솟아났다.

—유일한 돌파구.

말도 안 된다고 반사적으로 부정했다.

하지만 한번 머릿속에 떠오른 계획은 그리 간단히 사라지지 않았다. 시간이 지날수록 다른 방법은 없다는 생각이 들었다.

그때였다.

인파 속에서 노파의 목소리가 들려왔다.

"날치기야!"

릴리는 반사적으로 돌아보았다.

거한이 가방을 잡고서 혼잡한 거리를 뛰어왔다. 무수한 통행인을 밀어제치며 도주를 꾀하고 있었다. 심지어— 릴리 쪽으로.

"꺼져! 새끼야!"

거한이 릴리를 밀쳤다.

통나무처럼 두꺼운 팔에 밀려 릴리는 「꺄악!」 하고 길가에 넘어졌다.

그러는 사이에 남자는 달려갔다.

"아야야야……."

릴리는 엉덩이를 문지르고서 굴러다니는 감자를 긁어모았다. 하나하나 세며 숨을 불어 진흙을 털고 있으니 품위 있어 보이는 노파가 다가왔다.

아무래도 이 노파가 날치기 피해자인 듯했다.

"아가씨, 괜찮아……?"

"응? 아, 네, 괜찮아요."

노파의 눈썹이 가냘프게 휘었다.

"서로 운이 안 좋았어. 뭐, 목숨이 붙어 있으니 다행이지."

"음…… 그것도 그러네요."

릴리는 웃으며 대답했다.

"목숨이 붙어 있으니 다행이죠."

"그럼, 그럼."

"살아 있으면 맛있는 밥을 먹을 수 있어요!"

"아가씨, 긍정적이네."

"정말이지! 이쪽은 아주 진지하게 고민하고 있는데 별 시답잖은 방해를 하잖아요. 고마워했으면 좋겠어요. —아직 살아 있다는 걸."

노파가 얼굴을 찌푸렸다.

"응? 누굴 말하는 거지?"

"예? 당연한 거 아닌가요?"

릴리는 희미하게 미소 짓고 전방을 가리켰다.

"—날치기범이요."

그 손가락 끝에서— 거한이 쓰러져 있었다.

노파는 무슨 일이 벌어졌는지 이해하지 못한 듯했다.

조금 전까지 뛰어다니던 남자가 거품을 물고 실신한 상태였다.

한순간에.

“분명 돌발적인 지병이겠죠.”

릴리는 거한 곁으로 다가가 몰래 **바늘**을 뽑았다. 가방을 뺏고, 머리를 묶었던 리본으로 남자를 결박했다. 나머지는 경찰이 와서 처리할 것이다.

의식이 없는 거한을 보고 릴리는 작게 고개를 끄덕였다.

‘맞아요…… 우리는 스파이인걸요.’

얼떨떨한 모습인 노파에게 가방을 건네고 생글거리며 물었다.

“저기, 할머니, 이 도시의 관광 명소는 어디인가요?”

할 수밖에 없다.

아무리 적이 강하더라도 살아남을 수단은 하나뿐.

망설이면 쓸데없이 시간만 날리는 거다.

소녀는 남몰래 조용히 미소 지었다.

‘따로 방법이 없다면— **타깃을 처리할 따름이죠.**’

속으로 중얼거리고서.

릴리는 살며시 시동했다.

‘코드 네임 『화원』— 미쳐 만발할 시간이에요.’

클라우스의 침실은 아지랑이 팰리스 2층 끝자락에 있었다.

아지랑이 팰리스에는 두드러지게 호화로운 방이 여럿 있었지만 어째선지 클라우스는 그 방들을 이용하지 않았다. 방의 배치를 생각해 보면 그가 쓰는 방은 그다지 넓지 않을 텐데.

혹시 특별한 장치라도 있는 걸까요. 그렇게 멋대로 상상하며 릴리는 방문을 노크했다.

하지만 대답은 없었다.

여러 번 계속 두드렸지만 전혀 답이 없었다.

짜증이 나서 문을 여니 클라우스는 방에 있었다. 노크를 무시하는 주의인가.

살인 현장 같은 방이었다.

빨간 액체가 방 전체에 튀어 있었다. 릴리는 비명을 질렀다. 기름 냄새를 맡고 그게 대량의 물감임을 이해하고서 가슴을 쓸어내렸다.

클라우스는 캔버스 앞에서 의자에 앉아 팔짱을 끼고 있었다.

"용건은 뭐지?"

그가 얼굴을 들었다.

"나는 보다시피."

"뭐가요?"

"새로운 수업법을 모색 중이야."

그림을 그리고 있는 모습으로밖에 안 보였다.

하지만 그의 발밑에는 대량의 책이 쌓여 있었다. 전부 제목에 『교육학』이 들어가 있었다. 정말로 시행착오를 겪는 중인 듯했다. 그것도 꽤 진지하게.

그럼 유채화에는 무슨 의미가 있는 건지 궁금해서 그림을 살펴보았다. 온통 빨간색으로 칠해져 있었다. 거친 선이 줄지어 그어져 있는 추상화였다.

캔버스의 우측 하단에 『가족』이라고 적혀 있었다.

제목인가? 이 물감의 쓰레기장 같은 그림이 『가족』?

이 남자의 사고 회로는 알 수가 없다.

"선생님, 새로운 수업법은 떠오를 것 같나요?"

"전혀."

즉답.

릴리는 어깨를 떨궜다. 역시 이 남자는 허당인가.

"걱정하지 마. 일주일 내로 결론을 낼 거야. 그때까지 자율 단련에 힘써 줬으면 해."

일주일이나 기다릴 수 있을 리가 없다. 임무 수행일은 한 달 앞으로 다가와 있는데.

침을 삼키고 제안했다.

"선생님, 아이디어가 하나 있어요."

"뭐지?"

"지금 바로 외출하지 않으실래요?"

클라우스의 미간에 주름이 잡혔다.

"왜지……?"

"기분 전환 삼아서요."

릴리는 고개를 끄덕였다.

"인간은 좁은 방에 있으면 생각도 좁아져요. 그럴 때는 산책을 하는 거예요! 그저 몰두하는 게 아니라 재충전도 중요해요."

"산책이라면 지난주에 했어."

"아, 그럼 괜찮겠네요……라고 할 리가 없잖아요!"

"잘 받아 주네."

클라우스는 고개를 가로저었다.

"배려는 기쁘지만…… 내키지 않아."

"하지만 종일 방에 있어도 해결책은 안 나왔잖아요?"

"아픈 구석을 찌르는군."

일순 클라우스가 눈을 가늘게 떴다.

화난 건가 싶어서 심장 고동이 빨라졌지만 클라우스의 표정은 그 이상 변하지 않았다. 웃은 걸까?

"같이 나가요! 명소는 사람들한테 물어보고 왔어요."

"그래? 어떤 곳이 있었지?"

"흐흥! 잔뜩 모았어요. 예를 들면 2천 년 전 유적의 출토품이 있는 코토코 박물관, 이동식 놀이공원!"

"흥미가 일지 않는데. 다른 곳은?"

"다른 곳……? 으음, 식료품이 모이는 『단풍나무 골목』, 귀신이 나온다는 해안, 스테인드글라스가 아름다운 교회도 있대요."

클라우스가 관심을 보이지 않았기에 릴리는 두서없이 후보를 나열했다.

"……."

그 제안을 듣고 클라우스는 한동안 침묵을 이어가다가.

"—극상이야."

만족스럽게 팔짱을 꼈다.

"알겠어. 하지만 이미 저녁이야. 외출은 내일 하지."

창문을 보니 확실히 하늘이 오렌지색으로 물들어 있었다.

오늘 중으로 나가고 싶었지만 어쩔 수 없다. 나갈 마음이 든 클라우스의 기분을 억지를 부려서 해치는 것도 좋은 수는 아니다.

"네! 그럼 내일 나가요!"

릴리는 활짝 웃었다.

1단계 클리어.

『단풍나무 골목』은 이름과는 정반대로 단풍나무가 우거진 산속이 아니라 도시 한복판에 있었다. 외국에서 들어온 기호품과 수입품이 많았다.

규모는 딘 공화국에서도 손꼽힐 만큼 컸다. 휴일에는 특히나 많은 상점이 북적거렸다. 길에는 노점도 늘어서 있어서 향긋한 냄새가 감돌았다. 향초를 곁들여 구운 새우와 감자, 버터를 두르고 볶은 베이컨과 버섯, 호두 케이크까지 무심코 시선이 쏠렸다.

아지랑이 팰리스 생활 셋째 날 점심, 릴리는 그 광경에 압도되어 있었다.

웃는 사람들로 가득했다. 아이는 부모의 손을 잡은 채 막대 사탕을 핥았고, 커플은 가게 앞에 진열된 라디오를 보며 미소 지었다. 노인은 회중시계 가게 앞에서 그 세공에 푹 빠져 고개를 끄덕였다.

성황인 시장 앞에서 릴리가 소리 높여 말했다.

"우와아아아, 이렇게 많은 사람은 처음 봤어요! 걸리적거려!"

"……."

"죄송해요, 뒤쪽에 본심이……."

"그 실수는 치명적이야."

옆에 있는 클라우스가 쿨하게 지적했다.

"그러고 보니 다른 멤버는 어쨌지? 당연히 몇 명 같이 올 줄 알았는데."

"같이 가자고 했는데 자율 단련을 하고 싶다며 거절했어요."

거짓말이었다. 사실은 몰래 빠져나왔다.

두 사람은 거리를 걷기 시작했다.

일단 노점을 구경하고, 조개 요리가 맛있다는 레스토랑에 갈 예정이었다.

도중에 맛있어 보이는 통조림 노점이 있어서 몇 개 구입했다. 새우와 게 같은 해산물도 구입하고 싶었지만 바로 아지랑이 팰리스에 돌아갈 예정은 아니었기에 단념하고 메모만 해 뒀다.

차례차례 노점을 이동하는 릴리에게 클라우스가 말을 걸어왔다.

"그러고 보니 너는 벽지 출신이었지. 도회지에는 별로 안 오나?"

"네. 실습으로 왔을 때는 고생했어요. 걷기 힘들어서 늘 넘어지거나 길을 잃었죠. 지금은 완전히 익숙해졌지만요."

"그런 것치고는 신나 보이는데."

"헤매는 데 익숙해졌어요."
"그런 거였군."
클라우스는 작게 고개를 끄덕이고 몸을 돌렸다.
"가려는 레스토랑은 이쪽이야."
이미 길을 잘못 들었던 모양이다.
얼굴이 빨개지는 것을 느끼며 클라우스를 따라갔다.
"선생님, 질문이요."
릴리가 손가락을 세웠다.
"역에서 여기까지 온 순서를 가르쳐 주세요."
"……응? 역에서 남서쪽으로 가다가 우체국 모퉁이에서 왼쪽으로, 상조 회사에서 오른쪽으로, 그리고 한동안 길을 따라 걷다가 라디오 가게에서 왼쪽이야."
"가르칠 수 있잖아요!"
"당연하지. 긴급 공사가 있어서 우회했지만 길 정도는 알아."
"예? 공사 표식 같은 게 있었나? 어떻게 아셨어요?"
"그냥 알았어."
"……."
왜 제일 중요한 부분을 못 가르치는 건가요!
이 정도 일로 고함쳐 봤자 소용없기에 릴리는 말을 삼켰다.
"보행자 수를 보고 안 것 아닐까요……? 오가는 사람의 수가 평소와 달라서."
"아아, 듣고 보니 그런 방법일지도 모르겠어."

클라우스는 간단히 인정했다.

일부러 숨겼던 것은 아닌 듯했다. 자각이 없었던 모양이다.

릴리는 침음을 흘렸다.

어째서? 왜 가르칠 수 있는 내용과 가르치지 못하는 내용이 있는 거죠?

그때—.

"꺄악!"

릴리가 걷다가 발이 걸려 휘청거렸다.

"넘어지겠!"

무심코 외쳤다.

돌길의 파인 곳을 눈치채지 못했다.

몸이 붕 뜨는 감각과 동시에 안고 있던 통조림 네 개를 놓치고 말았다.

하지만 릴리의 몸은 지면에 턱을 찧기 전에 정지했다.

"—괜찮나?"

얼굴을 돌리니 클라우스가 릴리의 몸을 안고 있었다. 클라우스의 반듯한 얼굴이 코앞에 있었고, 그 사실을 알아차린 후에 자신이 그의 팔에 풍만한 가슴을 누르고 있다는 것도 깨달았다.

"흐햐아!"

릴리는 펄쩍 뛰었다.

몸이 순식간에 달아올랐다.

한편 클라우스는 무표정을 유지했다. 자세히 보니 릴리가 내던진 통조림도 전부 한 손에 들고 있었다. 릴리를 받아 줬을 뿐만 아니라 통조림을 한 개도 떨어뜨리지 않은 듯했다.

"여, 역시, 가르치는 능력은 몰라도 다른 능력은 있네요, 선생님……."

쑥스러움을 감추려고 칭찬하자 클라우스는 이 정도로 칭찬해도 곤란하다며 고개를 가로저었다. 어이없어하는 것 같았다.

"말해 두는데, 내가 지도하지 못하는 원인은 판명됐어."

"그런가요?"

그 놀람에 대답하지 않고 클라우스는 들고 있던 통조림을 상공으로 높이 던졌다. 통조림은 회전하여 릴리 쪽으로 떨어졌다.

릴리는 그 통조림을 양손으로 받았다.

"갑자기 뭐죠……?"

"너는 이 통조림을 어떻게 받았지?"

"예? 그야, 손을 그릇처럼 만들어서 받았—."

"발은 어떻게 움직였지?"

"……."

물어봐도 말이 안 나왔다.

발? 지금 제가 발을 움직였나요?

낙하지점으로 발을 옮겼나? 받을 때 살짝 무릎을 굽혔나? 일순 중심을 왼쪽 발로 움직인 것도 같지만 확신은 들지 않았다.

물어봐도 할 수 있는 말이라고는—.

"……그냥, 움직였어요."

"그게 내 감각이야."

클라우스가 내뱉었다.
“『통조림을 받았다』는 건 말할 수 있겠지. 하지만 행동 전체를 설명할 수는 없을 거야.”
농담이죠? 릴리는 중얼거렸다.
하지만 그의 눈길은 진지했다.
즉, 감각이 너무 다른 것이다. —클라우스와 자신들은.
사람이 물건을 쥐는 법을 잘 가르칠 수 없는 것처럼.
침대에서 일어나는 법을 설명할 수 없는 것처럼.
셔츠 벗는 법을 말할 수 없는 것처럼.
클라우스는 자물쇠 따는 법, 변장하는 법, 싸우는 법을 가르칠 수 없는 모양이다.
아니, 그게 진실이라면 이 남자는 대체 얼마나—.
릴리는 침을 삼켰다.
“그렇다면 지도 따위 무리 아닌가요…….”
“지금 필사적으로 머리를 굴리고 있어.”
그 대답은 담담했으나 약간 피폐한 기색이 묻어났다.
방에 쌓여 있던 서적 더미가 떠올랐다. 그가 게으름을 피웠다는 생각은 안 들었다.
정직하게, 진지하게, 성실하게 고민하지만 그런데도 타개책을 찾지 못하고 있었다.
“…….”
릴리는 잠시 눈을 감았다.

그러고서 눈을 크게 뜨고 주먹을 번쩍 들어 올렸다.

"아뇨! 여기 온 목적을 잊어선 안 돼요!"

"갑자기 뭐지?"

"재충전! 까다로운 일은 내려놓고 머리를 비워야죠."

"너, 상당히 기분파군."

"네, 학교에서는 『적으로도 아군으로도 삼고 싶지 않은 여자』로 이름을 떨쳤어요!"

"괴짜 취급을 당한 건가. 불쌍하게도."

"선생님한테 듣고 싶지 않아요!"

어딘가 엇나간 대화를 나누고서 노점이 늘어선 거리를 걸었다.

그러다가 가게 앞에 놓인 풍경 사진이 눈에 띄었다.

"선생님! 이것 좀 보세요!"

클라우스의 소매를 잡아 강제로 붙들었다.

릴리가 발견한 것은 어떤 주스 노점에 붙은 사진이었다. 자연에 둘러싸인 호수 사진. 흑백 사진이긴 하지만 그 풍요로운 풍경은 선명하게 전해졌다.

"예쁜 곳이네요……."

"오, 에마이 호수 말이지?"

가게 주인이 흔쾌히 설명해 줬다.

"역에서 국영 버스를 타면 두 시간쯤 걸려서 갈 수 있어. 뭐, 오늘은 휴일이니까 꽤 북적이겠지만."

"호오, 인기가 많나 보네요!"

"그냥 많은 게 아니야. 이 도시에서 제일가는 관광 명소거든. 수도의 졸부들이 모조리 놀러 오는 휴양소야. 보트도 빌릴 수 있어서 꽤 볼만하지."

릴리는 답례로 주스를 사고 클라우스를 보며 웃었다.

"흐흥, 또 유력한 정보를 얻었어요. 이따가 가 봐요."

"……그래, 좋지."

클라우스는 동의했다. 싫어하는 반응은 보이지 않았다. 어쩌면 이 외출을 즐기고 있는 걸지도 모른다.

2단계 클리어.

레스토랑에서 식사한 후, 두 사람은 에마이 호수에 도착했다.

버스로 두 시간 걸린다고 했지만, 클라우스가 운전하는 승용차를 타니 한 시간이면 족했다. 그의 자가용 자동차는 릴리의 예상과 달리 흔히 볼 수 있는 평범한 검은색 사륜차였다. 그걸 지적하자 클라우스는 「스파이가 눈에 띄면 안 되지」 하고 타당한 반론을 했다. 틀린 발언은 아닌데 괴짜가 그렇게 말하니까 불합리하게 느껴졌다.

에마이 호수는 주스 가게 주인이 말한 것처럼 관광객으로 붐볐다. 파라솔을 쭉 세워 놓고 우아하게 칵테일을 마시는 인간들로 북적거렸다.

호숫가에 입간판이 있고 에마이 호수에 관한 설명이 있었다.

산으로 둘러싸여 자연이 풍부하고, 면적은 1㎢인 거대한 호수. 보트를 빌려서 호수 중앙으로 가면 조용하게 대자연을 감상할 수 있다— 그런 선전이었다.

바람이 별로 안 부는지 호수가 마치 거울처럼 햇빛을 반사했다. 보트를 타고서 이렇게 예쁜 호수를 맛보는 것은 제법 멋진 체험이었다.

"이렇게 사람이 많아서야 보트는 하나도 안 남아 있겠어."

"그러면 순서를 기다려야겠네요."

그렇게 대기 시간을 각오했지만, 막상 발착장에 가 보니 운 좋게 보트 하나가 남아 있었다. 자그마한 2인용 보트였다.

"오, 운이 좋네요."

"그런데…… 이 경우에는 내가 노를 젓는 건가?"

"음, 남자가 저어야겠죠?"

클라우스는 「그렇겠지」라면서 한발 먼저 올라탔다. 그러고서 릴리에게 손을 내밀었다.

릴리는 긴장하며 클라우스의 손을 잡고 승선했다.

그의 손은 의외로 따뜻했다.

출발하자 배는 금방 호수 중앙에 도착했다. 클라우스는 노를 젓는 기술도 일류인 모양이다. 빠르다며 칭찬하자 구름처럼 저을 뿐이라며 알 수 없는 대답이 돌아왔다.

해가 뉘엿뉘엿 저물고 있었다. 하늘이 붉어지고 산의 나무들도 호면도 호숫가도 전부 노을빛으로 물들었다. 이 거리에서는 호숫가에 있는 사람들이 주황색 콩알로만 보였다.

소란은 들려오지 않았다. 주위에는 다른 보트의 그림자조차 없었다.

타오르는 듯한 오렌지색 세계에 릴리와 클라우스만이 있었다.

"사진보다 훨씬 예뻐요."

"그렇군."

『극상이야』라는 말은 안 하려는 모양이다. 그 나름의 기준이 있을 것이다.

"릴리."

"앗, 네! 이, 이름을 부른 건 처음이네요."

"오늘 본 것, 그리고 지금 보고 있는 풍경을 잊지 마."

그는 까만 두 눈으로 호숫가의 사람들을 보았다.

"거리에서 웃던 아이의 얼굴을 잊지 마. 끌어안고 싶어지는 이 자연의 아름다움을 잊지 마. 노을빛을 받은 사랑스러운 사람들을 잊지 마."

"사람들……."

"12년 전, 이 나라는 제국에 침략당했어. 이 나라는 중립 선언을 했음에도 불구하고. 일방적인 침략에 저항하지 못하고 국민은 학살당했어. 종전한 지 10년, 제국은 재차 『그림자 전쟁』으로 이 나라를 침략하고 있어."

"예? 그런가요?"

"아까 갔던 골목도 평화로워 보였지만 폭파 사건이 일어날 뻔했었어. 범인은 제국의 스파이. 외무부의 요인을 노린 암살이었지. 그걸 알아차리고 저지한 건 정보 수집 능력이 뛰어난 스파이야. 경찰도 군인도 관료도 정치가도 아닌."

클라우스는 고했다.

"세계는 아픔으로 가득해. 그 부조리함을 굴복시킬 수 있는 건 우리 스파이뿐이야."

못 박듯이 잊지 말라고 다시 한번 말했다.

그리고 만족한 것처럼 다시 석양을 바라보았다.

"……."

뜨거운 감정을 부딪쳐 왔지만 그에 반발하듯 릴리의 마음은 차갑게 식어 있었다.

똑같은 풍경을 보고 있는데 자신과 상대는 너무나도 달랐다.

그는 상상도 못 할 것이다.

자신이 그의 말을 얼마나 싸한 기분으로 듣고 있는지.

"……하지만 죽으면 아무 소용도 없어요."

릴리가 입을 열었다.

"국가가 중요하다든가, 임무를 완수한다든가, 훌륭하다는 건 이해해요. 저는 전쟁으로 목숨을 잃기 직전에 스파이 덕분에 살았어요. 그래서 스파이로서 열심히 노력하고 싶긴 해요. 동경하는 마음도 있어요. 하지만 그렇기에— 간단히 목숨을 걸 수는 없어요."

도중부터 클라우스의 눈을 볼 수 없어 시선을 내렸다.

"언젠가 활짝 꽃피우고 싶다고 생각해요."

"……."

"낙오자이기에 생각해요. 힘든 시대에 살아남아 양성 학교에서 멸시당하고, 운 좋게 스파이가 되더라도 허무하게 죽어 버리면 인생에 무슨 의미가 있겠어요……?"

몸속 깊은 곳부터 차게 식는 이 기분을 당신은 분명 이해하지 못하겠죠.

당신과 나는 너무 다르니까—.

릴리는 한숨을 쉬고 가슴 앞에서 주먹을 꽉 쥐었다.

"선생님……."

"뭐지?"

"바람이 차요. 가까이 가도 될까요……?"

"바람 같은 건 안 부는데?"

"여자는 추위를 많이 타요."

릴리는 자리에서 일어나 클라우스 곁으로 다가갔다.

중심이 치우치며 보트가 기울었다.

"눈치챘어요. 낙오자만 모은 이유…… 요컨대『버리는 말』인 거죠?"

다른 이유는 떠오르지 않았다. 열등생과 지도하지 못하는 교관을 모은 이유라니.

합리적이라고 감탄했다.

사망률 높은 임무에 자신들을 투입해서 정보를 긁어모으게 한다. 장래성이 없는 낙오자의 목숨 따위 가치를 따질 필요도 없을 것이다. 자신들이 목숨과 맞바꿔 모은 정보를 가지고서 일류 스파이는 공을 세울 것이 틀림없다.

릴리는 클라우스의 무릎에 손을 얹었다.

얼굴과 얼굴을 맞대 거리를 좁혔다.

"오늘 하루 같이 보내면서 확신했어요. 당신은 지도하지 못해. 우리는 죽을 수밖에 없어. 그런 건 싫어. 나는 언젠가 반드시 웃을 거예요. 재능을 개화시킬 거예요. 어떤 수단을 써서라도— 이런 곳에서 죽을 수 없어."

"릴리……?"

"죄송해요, 선생님. 정말로 진심이에요."

클라우스의 눈동자를 보았다.

"코드 네임『화원』— 미쳐 만발할 시간이에요."

다음 순간.

릴리의 가슴 부근에서— 독가스가 분사되었다.

◇◇◇

12년 전—. 갈가드 제국이 침략했을 때, 어떤 비인도적인 병기가 쓰였다.

치사성이 높고, 폭탄 같은 흔적을 남기지 않으며, 모습 없이 잔류하는— 독가스.

갈가드 제국은 실험 현장으로 딘 공화국의 작은 마을을 선택했다.

풍족했던 마을은 눈 깜짝할 사이에 지옥으로 변했고, 마을에 있던 수백 명의 목숨은 허망하게 사라졌다.

그리고 스파이의 정보를 토대로 달려온 군인은 발견한다.

절명 직전에 살아남은 특이 체질 소녀를—.

◇◇◇

클라우스는 분사된 독가스에 반응조차 하지 못했을 것이다.

설령 알아차렸더라도 도망칠 방도는 없었다. 거리는 코앞이었고, 다리는 릴리가 붙잡았다. 그녀의 가슴 부근에서 분사된 가스는 클라우스의 입과 코를 직격했을 터다.

클라우스는 아연한 얼굴로 릴리를 밀쳤다.

하지만 너무 늦었다. 이미 작전은 성공했다.

"마비, 독……?"

말하기 힘든 것처럼 목소리를 냈다.

클라우스는 떨리는 손끝을 보고 당황한 모습으로 입을 막았다. 그의 몸이 흔들리며 앉은 자세조차 유지하지 못하고 옆으로 쓰러졌다.

"말도 안 돼…… 가스형 독을 살포하는 건 자살 행위……."

"저한테는 이 독이 안 들어요."

"……어떻게 된 거지?"

"제가 가진 특이 체질이에요."

릴리는 별것 아니라는 듯이 웃었다.

성인 남성이 움직이지 못하는 위력의 독가스 속에서 그녀만이 여유로웠다.

"어때요? 아무리 선생님이어도 독은 대처하지 못하겠죠?"

이미 독가스는 호수 바람에 흩어졌을 것이다.

하지만 클라우스 한 명을 처리하기에는 충분했다.

그는 누운 채로 전신을 잘게 떨었다.

릴리는 기쁜 나머지 웃음을 터뜨렸다.

"아하하! 일류 스파이를 속이는 건 의외로 간단하네요."

클라우스가 창백한 얼굴로 떨었다.

중독되어 거의 움직이지 못하는 것 같았다.

이 상황을 만들기 위해 릴리는 여러 책략을 짰다.

기분 전환을 구실로 꾀어내서 자연스러운 흐름으로 보트까지 오게 했다. 최대한 『호수』라는 단어조차 꺼내지 않고 완벽하게 기습을 성공시켰다.

아무리 일류 스파이라고 해도 이 상황은 타개할 수 없다— 완벽한 승리다.

"후후, 듬뿍 협박해 드릴게요. 선생님."

"웃기지, 마……."

클라우스가 노려보았다.

"너, 목적이 뭐지……?"

"약속해 줬으면 좋겠어요."

"구두 약속이어도 상관없다면 얼마든지 하겠다만?"

"실없는 소리 하지 마세요~. 저는 독에 관해서는 자신 있거든요~?"

릴리는 달콤한 목소리를 내며 주머니에서 다른 무기를 꺼냈다.

보라색 액체가 맺힌 바늘이었다.

"특제 비독(秘毒)— 이 바늘을 맞으면 성인 남성도 순식간에 실신해요."

"뭐……?"

"거역할 낌새를 보이면 이 바늘을 찌를 거예요."

약속은 반드시 이행시킬 거랍니다.

그 바늘을 클라우스의 눈가로 가져갔다. 어제 날치기범도 쓰러뜨린 즉효성 독이었다.

위기가 눈앞에 닥쳤는데 클라우스는 움직이지 않았다. 아니, 움직일 수 없을 것이다.

릴리는 미소 지었다.

"요구는 둘. 『등불』의 해산 및 멤버의 생활 보장."

"……윽."

"죽기 싫어요. —지도 하나 못 하는 교관 밑에서."

이 남자라면 자유롭게 쓸 수 있는 돈과 연줄이 있을 것이다.

그걸 쓰는 것 외에는 자신이 살 방법이 없다.

클라우스는 시선에 위압을 담았다.

"농담은 그만해…… 이 이상 접근한다면 나도 반격하겠어."

"거짓말하지 마세요. 움직일 수 있는 독이 아니에요. 그리고 무기도 없잖아요?"

"어떻게, 그걸……?"

"확인했어요. 넘어진 저를 받아 줬을 때."

시시한 위협은 통하지 않는다. 그걸 위한 대책은 세웠다.

클라우스는 눈을 부릅떴다.

"골목에서 넘어진 건 연기였나."

"그, 그럼요, 무, 물론 계산했던 거죠……."

우연이었다.

사실은 다른 수단으로 몸을 더듬어 볼 계획이었다.

"아, 아무튼! 선생님, 제 명령에 따라 주셔야겠어요."

릴리는 당당히 가슴을 펴고서 움직이지 못하는 클라우스에게 바늘을 더욱 가까이 댔다.

가지고 있는 모든 재능과 연마한 기술로 일류 스파이를 압도했다.

이걸로 끝이다.

"……방법이 없군."

마침내 타깃이 저항을 그만뒀다.

크게 한숨을 쉬고서 체념 가득한 눈으로 쳐다봤다.

"마비독은 순식간에 퍼졌어. 움직이는 건 혀끝과 발끝뿐이야. 헤엄치는 것도 어려워. 도움을 구하려고 해도 이곳은 호수 한복판. 눈앞에는 훈련된 수습 스파이. 우연히 빌린 보트에 운 좋게 무기가 있지는 않겠지. 이건 그야말로―."

"체크아웃이에요."

"—체크메이트야."
마무리 대사를 틀렸다.
다행히 클라우스는 그걸 지적하지 않고 대화를 이어갔다.
"다만 한 가지를 모르겠군."
"……음? 이 마당에 뭐죠?"
"아까부터 줄곧 의문이야."
"그러니까 대체 뭐가?"
"릴리, 그런데—."
클라우스가 깊은 눈으로 쳐다보았다.

"—이 놀이에 언제까지 장단을 맞춰 주면 되지?"

그 말과 함께.
두 가지 변화가 생겼다.
"엥?"
릴리의 오른발. 거기에 커다란 족쇄가 채워져 있었다.
다음으로 배의 바닥. 점점 침수 중이었다.
대체 무슨 일이지. 상황을 파악했다. 클라우스가 왼발을 크게 뻗고 있었다. 약간 움직일 수 있는 발을 써서 장치를 작동시킨 듯했다.
"뭐, 뭐죠?!"
"특별히 주문한 족쇄야. 그리고 배의 마개를 뽑았어."
"마개……?"

“이 배는 8분 후에 가라앉아. 쇠사슬에 묶인 네 발을 잡아당기면서.”
퍼뜩 눈치챘다.
채워진 족쇄는 쇠사슬로 배에 고정되어 있었다. 지금껏 좌석 밑에 가려져 있어서 안 보였던 모양이다.
옷 안에서 피킹 도구를 꺼내 열쇠 구멍에 꽂았다. 하지만 꿈쩍도 안 했다. 어떤 구조의 잠금장치인지도 파악할 수 없었다. 푸는 걸 포기하고 쇠사슬을 파괴하기로 했다. 하지만 두꺼운 철제 사슬은 멀쩡했다.
“너는 해제 못 해.”
클라우스가 말했다.
“열쇠는 이 배에 없어. 네 기술로는 도저히 풀 수 없는 족쇄야. 즉, 무슨 짓을 하든 너는 호수 바닥으로 가라앉아.”
“그럴 수가…….”
“내가 잠금장치를 풀지 않는 한은 말이지.”
“……읏!”
“해독제를 내놔. 그게 조건이야.”
그걸 노린 건가요. 릴리는 입술을 깨물었다.
그러나 아직 승기를 잃은 것은 아니었다.
“하, 하지만! 상관없어요! 이 독침에 찔리기 싫으면 자물쇠를—.”
“찔러.”
“예……?”
“그 독침을 찌르면 내가 실신하는 거지? 누가 네 족쇄를 풀어 주지?”

"윽……."

이번에야말로 릴리는 입을 다물었다.

손쓸 방도가 사라졌다.

오히려 완전히 궁지에 몰렸다.

배는 계속 가라앉는다. 릴리의 몸과 함께 침몰해 간다.

납득이 되지 않았다. —우위에 서 있던 것은 자신인데.

"어째서죠……?"

"음?"

떼쓰는 어린아이처럼 외쳤다.

"저는! 이 배에서 습격할 거라고 아무한테도 말 안 했어요! 대체 언제 배에 손쓸 틈이 있었던 거죠? 엉망진창이에요!"

"어젯밤이야. 네가 이 호수에서 뭔가 꾸미고 있다는 건 명백했어."

"그렇게 일찍……?"

"이 에마이 호수는 근처에서 제일가는 관광 명소지. 하지만 어제 너는 『거리에서 들은 명소』를 말할 때 **어째선지 에마이 호수만은 후보에 올리지 않았어.** 외출을 망설이는 인간에게 가장 유명한 장소를 왜 안 말하지? 너무 수상해."

릴리는 자신의 패인을 깨달았다.

너무 경계한 것이다.

그녀는 습격 장소를 호수로 정한 상태였다. 눈치채지 못하도록 호수 이야기를 삼갔다. 호수에 가자고 하기 직전에 우연히 안 것처럼 굴었다. 하지만 그게 치명적인 실수였다.

당연했다.

이 남자는 스파이다. 도시의 관광 명소를 다 알고 있을 것이다.

그런 남자에게 에마이 호수 얘기를 꺼내지 않았으니 부자연스럽게 여겨져도 별수 없었다.

"게다가 에마이 호수 연안에는 많은 관광객이 있어. 자연스러운 흐름으로, 나를 습격할 거면 보트겠지."

"하지만 이 보트에 탄다는 보장은 없잖아요! 이건 우연히 남아 있던—."

"그래. 우연히 딱 한 척 남아 있었지. 너는 의심스럽게 여겼어야 했어. 호수 위에서 보는 석양이 절경인 곳에서 관광객이 넘쳐 나는 가운데 어째선지 계속 남아 있던 보트 한 척을."

"예……?"

"발밑을 잘 봐. —노 젓는 쪽에서 말이야."

어떻게 된 건가 싶어서 릴리는 보트를 살펴보았다.

숨을 삼켰다.

릴리가 줄곧 앉아 있던 자리 아래에.

『수리 중』— 그런 경고가 페인트로 적혀 있었다.

오히려 어째서 여태껏 눈치채지 못했을까.

"유치한 트릭이야."

클라우스가 건조한 목소리로 말했다.

"이 경고문은 노 젓는 쪽에서만 보여. 네 위치에서는 사각지대야. 하지만 그거면 충분해. 이 보트는 아무도 사용하지 않아. 대여 보트는 인기가 많지. 호숫가에는 이 한 척만이 남아."

보트는 남녀가 타는 경우 어느 쪽에 누가 앉을지 확실한 탈것이다.

노를 젓는 남성이 진행 방향에 앉고 여성이 반대편에 앉는다.

남성에게만 보이는 경고가 있을 경우, 여성은 전혀 눈치챌 수 없다.

유일한 기회는 배를 탈 때지만, 그때 클라우스가 손을 내밀어서 릴리는 그쪽을 신경 쓰느라 경고문을 보지 못했다.

그래서 함정을 간파하지 못했다.

클라우스는 딱 잘라 말했다.

"설명은 끝이야. 릴리— 너는 내 적수조차 못 돼."

실력 차이를 확실히 알게 되어서 릴리는 분한 마음에 입을 악물었다.

"크, 크으…… 내 계획이 들통난 상태였다니……."

좀처럼 현실을 받아들일 수 없었다.

클라우스는 한숨을 쉬었다.

"더 말하자면 어제 네가 방에 들어온 시점에 나는 습격을 알아차렸어."

"네?! 대체 어떻게요……?"

아무리 뛰어나도 그렇지 너무 빠르잖아!

릴리가 눈을 크게 뜨고 있으니 그가 말했다.

"—그냥 알았어."

"한순간이라도 기대했던 제가 바보였어요!"

"아무튼 빨리 해독제를 줘. 슬슬 배가 가라앉을 거야."

릴리는 「부, 분하지만……」 하고 주머니에 손을 넣었다.

위화감은 바로 알아차렸다.

"어라……?"

"응? 왜 그러지?"

"해독제가…… 없어요……."

"그런 건 됐어."

클라우스는 한숨을 쉬었다.

"이제 와서 그런 눈치 싸움을 벌여 봤자 시간 낭비야."

꼴사나운 짓은 하지 말라는 것처럼 말했다.

"아니, 그런 게 아니에요…… 진짜로 없어요……."

"그러니까, 그런 거짓말에 속을 리가……."

"방에 깜빡 놓고 왔어요……."

"……뭐?"

클라우스가 눈을 크게 떴다.

독을 맞았을 때조차 이렇게 놀라지는 않았었다.

"……독을 쓰는 사람이 해독제를 잊어버렸다고?"

"그치만 긴장했었으니까…… 미, 미인계는 서툴단 말이에요!"

"미인계? 언제 썼지?"

"아, 아무튼지 간에…… 저, 저기~ 선생님, 해독제 없이 풀 수 없나요?"

"무리야. 손끝이 떨리고 있어."

클라우스는 자신의 손바닥을 보았다.

"잠금을 푸는 건 물론이고, 이래서야 헤엄치기도 어려워."

"아하하, 그렇겠죠~."

"……."

"……."

마비독으로 움직이지 못하는 클라우스는 그저 침묵했다.

족쇄 때문에 도망치지 못하는 릴리도 침묵할 수밖에 없었다.

두 사람이 마주 보고 있으니 왈칵, 한층 큰 물소리가 났다.

배가 본격적으로 가라앉기 시작한 소리였다.

"……릴리, 명령이다."

"……네."

"죽기 살기로 노를 저어."

클라우스가 눈을 가늘게 떴다.

"안 그러면— 죽어."

눈치 싸움을 벌일 때가 아니었다.

"싫어어어어어어어어어어어! 죽고 싶지 않아아아아아아아!"

릴리는 노를 움켜쥐고 절규하며 힘껏 젓기 시작했다.

한편, 죽을 위기인데도 클라우스는 침착했다.

"안심해. 아까는 8분 뒤에 가라앉는다고 했지만 그건 거짓말이야."

"정말요?!"

"9분 5초야."

"안심이 안 돼요!"

"릴리, 노를 저을 때는 구름처럼—"

"조금은 도와주세요오오오!"

물론 클라우스의 움직임을 봉한 사람은 자신이지만.

잘못을 뉘우치며 릴리는 악착스럽게 호숫가로 향했다.

릴리는 호숫가에 도착함과 동시에 배에 쓰러졌다. 어떻게든 살았다며 크게 숨을 내쉬었다.

배는 반쯤 침수했다. 침몰하기 직전이었다.

출발한 곳으로 돌아가지 못하고 다다른 곳은 관광객이 전혀 없는 호숫가였다. 여전히 반짝이는 노을과 그 빛을 받은 호면, 태양을 향해 날아가는 새들, 마음을 사로잡는 풍경을 독점할 수 있었다. 그걸 맛볼 여유는 없었지만.

기운이 쭉 빠져서 사지를 늘어뜨렸다.

살긴 살았다. 다만 들이닥친 것은 비참한 현실이었다.

"하아~ 실패하고 말았어요."

멍하니 저녁 하늘을 올려다보았다.

"역시 낙오자는 낙오자네요. 일류 스파이님은 당해 낼 수 없어요."

"그렇게 비관하지 마. 나쁘지 않은 독이었어."

"어차피 일부러 맞은 거죠?"

"실력을 가늠하려고 그랬지."

독이 풀렸는지 클라우스는 이미 일어나서 새와 놀고 있었다. 그의 팔에 작은 새 두 마리가 앉아 있었다. 동물에게 사랑받는 타입인 모양이다. 사람에게는 사랑받지 못하는데.

그럴 여유가 있으면 족쇄를 풀어 달라고 주장하고 싶지만, 지금 릴리는 말할 처지가 못 되었다.

"상황은 그대로네요."

한탄할 뿐이었다.

문제는 무엇 하나 해결되지 않았다.

"저는 낙오자고, 선생님은 수업을 못 하고, 불가능 임무는 사망률 90%고, 기한은 점점 다가오고 있어요. 게임 오버예요."

게다가 릴리는 상사에게 독을 쓰는 죄까지 저질렀다. 벌을 받을 것이다.

협박에 실패했을 때부터 자신을 기다리고 있는 것은 참극이었다.

"……나라를 구하는 스파이가…… 되고 싶었는데 말이죠……."

포기할 수 없다며 발버둥 친 결과가 이것이었다.

아무것도 바꾸지 못했다.

아무것도 얻지 못했다.

운명은 진작에 정해져 있었던 것이다. 버둥버둥 허우적거리는 자신은 우스울 뿐이다.

"내가 이루어 주겠어."

하지만 클라우스가 온화한 목소리로 말했다.

"네?"

릴리는 몸을 일으켰다.

"이상을 포기하지 마. 소질은 있잖아. 싸움은 놀이 수준이었지만, 신변에 닥친 위기를 알아차리고 누구보다 먼저 행동한 너는 흠 잡을 데 없이— 극상이야."

"치, 칭찬해도 아무것도 안 나와요~."

그는 팔에 앉은 새를 날려 보내고 릴리 곁으로 걸어왔다.

그리고 발로 가볍게 족쇄를 걷어차자 어떤 원리인지 그렇게나 안 풀렸던 잠금이 간단히 풀렸다.

"릴리, 『등불』의 리더가 돼라."

"네?"

"『등불』의 보스는 나지만 부하의 중심이 될 인물이 필요해. 네가 말한 『활짝 꽃피우는 것』이 뭘 가리키는지는 모르겠으나, 『등불』의 리더로서 불가능 임무를 성공시키는 건 어때?"

영문을 알 수 없어서 얼떨떨했다.

불가능 임무를 전문으로 수행하는 전대미문의 스파이팀— 거기서 중요한 역할을 부여받았다.

하늘의 계시 같았다. 저물녘 어스름에 새로운 빛이 불쑥 비친 듯했다.

낙오자라며 무시당하고, 이런 자신을 바꾸고 싶다는 일념으로 양성 학교를 떠났다. —그런 자신에게 제시된 새로운 길이 보였다.

"그, 그게 정말로 이루어진다면…… 아주 기쁠 거예요……."

"그럼 네가 리더다. 함께 임무를 성공시키자."

"오, 오오, 리더…… 멋진 울림……."

황홀한 얼굴로 그 단어를 되풀이했다.

단순한 녀석이라고 클라우스가 중얼거린 것 같았지만 바로 머릿속에서 빠져나갔다.

"하, 하지만 어떻게? 결국 선생님은 지도를 못 하잖아요."

"아니, 그 문제는 해결됐어."

"해결?"

고개를 갸웃하자 클라우스가 수긍했다.

"네 덕분에 좋은 수업 방식을 찾았어."

어느 타이밍에?

결국 릴리가 그 전모를 안 것은 이튿날이었다.

아지랑이 팰리스 생활 넷째 날.

대형 홀에 『등불』 멤버가 모였다. 소녀들은 또 영문 모를 수업을 듣겠구나 싶어서 우울한 표정을 짓고 있었다. 하지만 마음속으로는 기사회생의 기대를 버리지 못했다. 첫 번째 수업은 뭔가 착오가 있었던 거고, 이번에야말로 진짜 강의가 시작될지도 모른다— 그러길 간절히 희망했다.

전원이 소파에 앉자 클라우스가 왔다.

소녀들 앞에 당당한 태도로 직립했다.

팔짱을 끼고, 눈을 감고, 입을 다물었다. 명상하듯.

10초, 시간이 흘렀다.

이 괴짜는 뭐 하는 거지. 그렇게 소녀들이 생각하기 시작했을 때, 마침내 클라우스가 입을 열었다.

"보이는 대로야."

"뭐가?"

백발 소녀가 늠름하게 물었다.

"사죄다."

"그렇게 안 보여."

기사회생은 없겠구나. 소녀들이 어깨를 떨궜다.

소녀들의 낙담을 알아차리지 못했는지 클라우스는 담담히 설명을 시작했다.

"고백하지. 사실 나는 스파이팀의 보스도 교관도 처음이야."

"……."

"의외지?"

이 정도로 태클을 걸면 지는 거다.

소녀 전원이 무시했다.

"내가 미숙해서 너희에게 불필요한 걱정을 시킨 모양이야. 미안했다. 앞으로는 내가 이야기할 수 있는 최대한의 정보를 명시하고 싶어. 질문이 있다면 물어봐."

"그럼 두 가지."

백발 소녀가 손을 들었다. 역시 그녀는 겁내지 않았다. 매서운 눈으로 클라우스를 노려보았다.

"당신은 누구야?"

"그건 말 못 해."

"우리가 선택된 이유는?"

"그것도 말할 수 없어."

"뒈져 버려."

"그래. 스파이가 명시할 수 있는 정보는 한정적이야. 나는 명시하고 싶지만, 말할 수 있는 비밀은 얼마 없어. 하지만 그래도 신뢰 관계를 구축해야 해. 그게 스파이팀이야. 가능한 건 의사 표시지만 그걸로 납득해 줘."

클라우스는 작게 숨을 들이쉬었다.

그리고 소녀들에게 말했다.

"너희는 버리는 말이 아니야. 내가, 죽게 하지 않을 거야."

눈동자는 한없이 진지했다.

"약속하지. 만약 너희가 한 명이라도 목숨을 잃는다면 그때는 나도 자살하겠어."

소녀들은 눈을 크게 뜨고 굳었다.

클라우스의 말에는 연기가 아닌 강한 의지가 담겨 있었다.

거짓말이 아니다.

속임수가 아니다.

이 남자는 진심으로 소녀들과 함께 불가능 임무를 소화하려는 것이다.

"하, 하지만."

갈색 머리 소녀가 소심한 목소리로 중얼거렸다. 눈썹을 팔자 모양으로 축 늘어뜨리고서.

"현실적으로 생각해서, 낙오자인 저희가 불가능 임무라니—."

클라우스는 고개를 갸웃했다.

"이해가 안 가는데."

"예?"

"어째서 너희는 자신을『낙오자』라고 형용하지?"

"그, 그건……."

"나는 줄곧 절찬했잖아."

절찬?

소녀들 모두가 머리에 물음표를 띄웠다.

"말해 두자면『등불』의 멤버를 선출한 사람은 나야. 양성 학교에 가서 내가 직접 스카우트했어. 너희는 무한한 가능성을 간직하고 있어. 인간의 평가 따위, 소속된 집단에 따라 얼마든지 달라져. 양성 학교에서는 낙오자더라도『등불』에서는— 전원 극상이야."

아아, 왠지 납득이 갔다.

릴리의 마음이 따뜻한 무언가로 가득 찼다.

되돌아보면 클라우스는 계속 말했었다.

처음부터— 현관에서 시선을 마주했을 때부터『극상이야』라고 학생을 칭찬했다.

이 남자— 한 식구에게 너무 물렀다.

"그리고 너희의 실력을 높일 방법은 이미 생각해 냈어."

클라우스는 소녀들에게 등을 보이더니 분필을 집었다.

아직 한 번도 사용되지 않은 칠판에 크게 글자를 적어 나갔다.

간결한 한 문장.

『나를 쓰러뜨려라』

다른 소녀들이 멍하니 칠판을 보는 가운데, 릴리는 가장 먼저 이해했다.

인간의 영역을 벗어난 남자가 찾아낸 교육 방법을.

"자, 그럼."

클라우스는 분필을 내던졌다.

"나머지는 자습이다."

2장 연대

아지랑이 팰리스 생활 9일째, 2층 복도—.

"저, 정말로 할 거예요……?"

"당연하지. 다른 수단은 없어."

릴리의 나약한 소리를 흑발 소녀가 고아한 목소리로 부정했다.

긴장되는 상황에서도 그녀의 미모는 굳건했다. 평소에도 아름답지만, 얼굴을 살짝 붉히고, 목으로 땀을 흘리며, 살며시 숨을 죽인 모습은 더욱 색정적이었다.

그때 릴리 쪽으로 다른 소녀가 보낸 통신이 들어왔다.

《여기는 옥상 담당. 문제없습다……. 타깃은 여전히 목욕 중. 김 때문에 잘 안 보이지만 움직임은 없습다…….》

릴리는 들은 내용을 그대로 보고했다.

흑발 소녀가 고개를 끄덕이고 복도에서 대기하는 다른 동료를 향해 엄지를 들었다.

"조명 담당도 괜찮은 거지? 자물쇠 담당, 숫자 자물쇠는 준비됐어?"

최종 확인을 마치자 때가 됐다며 자신의 머리카락을 뒤로 넘겼다.

시선 끝에는 욕실.

아지랑이 팰리스에는 대욕탕과 욕실이 있고, 평소 소녀들은 대욕탕을 이용했다. 하지만 이번에 그녀들이 향하는 장소는 다른 곳.

이 아지랑이 팰리스에서 단 한 명의 남자가 사용하는 욕실이었다.

욕실에서는 샤워기 소리가 들려왔다.

"0700, 다 같이 돌격하자."

흑발 소녀가 다시금 작전을 읊었다.

"목욕 중인 선생님을 습격하는 거야!"

신생 스파이팀 『등불』.

그 보스와 부하 사이에서 상식을 벗어난 훈련이 이루어지고 있었다—.

◇◇◇

일의 경위는 닷새 전, 소녀들이 아지랑이 팰리스에 찾아오고 넷째 날 아침으로 거슬러 올라간다.

스파이팀 『등불』의 소녀들은 대형 홀에서 멍하니 있었다.

「불가능 임무」라고 불리는 초고난도 임무를 수행하기 위해 클라우스가 소녀들에게 강의를 해야 했지만— 클라우스의 괴멸적인 수업 센스가 밝혀지며 좌절. 다시 한번 소녀들을 불러내더니 이번에는 칠판에 큼직하게 『나를 쓰러뜨려라』라고 적고서 떠났다. 왜 저러는지 모르겠다며 헛웃음 짓고 넘어갈 사안이 아니었다.

전날 클라우스와 만났던 릴리만이 어렴풋이 그 의도를 헤아렸다.

가장 먼저 칠판 끝자락의 변화를 눈치챘다.

『아지랑이 팰리스·공동생활 규칙』에 새로운 문장이 추가되어 있었다.

『㉘ 보스에게 「항복」이라는 말을 들은 자는 보상을 얻을 수 있다.
㉙ 전항과 관련해 시간과 수단을 불문한다.
㉚ 최저 열두 시간에 한 번 습격하는 것이 바람직하다.』

"이게 뭐야?"

소녀 중 한 명이 어이없다는 목소리를 냈다.

다른 소녀들도 이해하지 못하고 저마다 눈만 깜박였다.

"이게 새로운 수업인 거겠죠……."

그렇게 정숙하게 말한 것은 빨간 단발이 특징적인 소녀였다.

늘씬하게 키가 컸다. 나이는 열여덟. 군살 없는 아름다운 몸과 온화한 목소리가 어우러져 아련한 인상을 줬다. 정교한 유리 세공처럼 거칠게 다루면 부서질 듯한 분위기가 있었다.

"실전에 가까운 형식으로 훈련한다는 말일 거예요…… 교섭, 협박, 미인계…… 타깃을 자유자재로 다루는 상황을 만든다…… 스파이의 필수 기능이죠……."

빨간 머리 소녀가 술술 해설해 줬다.

나중에 다른 동료들도 깨닫지만, 소녀 중에서 가장 명석한 사람은 그녀였다.

"하지만 『시간과 수단을 불문한다』라니."

흑발 소녀가 고아하게 고개를 갸웃했다.

"아무리 선생님이 강해도 7대1로 덤비면 끝이야. 잠들었을 때 습격해도 돼. 아니면 음식에 독을 타서 못 움직이게 하거나, 뭔가 약점을 잡아서 협박해도 달성 가능하고. 너무 간단하잖아."

"그건 경솔한 생각이에요……."

빨간 머리 소녀가 눈썹을 찌푸렸다.

"무슨 뜻이야?"

"그분은 초일류 스파이…… 스파이의 수법 같은 건 모조리 꿰고 있어요……."

흑발 소녀가 입술을 핥으며 웃었다.

"어머. 그거 재미있겠는데."

도발로도 여겨지는 클라우스의 제안에 소녀들 대부분은 호전적인 태도를 보였다. 당장에라도 덮치러 갈 것처럼 웃었다.

하지만 아직 상황을 납득하지 못한 소녀도 일부 있었다.

"잠깐만 기다려. 왜 받아들이는 거야."

백발 소녀가 늠름하게 내뱉었다.

"그 녀석이 대단한 건 상상이 가지만, 교관으로서는 허당이잖아? 순순히 따르려고? 나는 못 믿겠어. 우리는 아직 팀의 목적조차 자세히 못 들었어."

"그렇다면 좋은 기회잖아?"

"응?"

"습격하고 결박하고 고문해서 『항복』이라고 말하게 하면 어떤 요구든 할 수 있어. 마음대로 심문할 수 있고, 다른 보스로 바꿔 달라고도 할 수 있어."

"오, 그것도 그런가."

뒤숭숭한 제안에 납득하는 소녀에게 갈색 머리 소녀가 소심한 눈길을 보냈다.

"아무리 그래도 훈련 명목으로 협박하는 건 인간으로서 좀……."

"협박이라면 릴리가 이미 실행했어."

"릴리 씨가?"

"심지어 훈련과는 관계없이."

"단순한 범죄 아님까?"

릴리는 볼을 긁적였다.

"살짝 독가스를 살포했을 뿐이랍니다~."

정말임까. 갈색 머리 소녀가 기막히다는 표정을 지었다.

어쨌든 의논한 결과, 다 같이 습격하기로 결정되었다.

실제로 소녀들은 클라우스의 실력을 단편적으로만 알았다. 과연 자신들의 보스가 될 자격이 있는지 시험해 보고 싶기도 했다. 불가능 임무에 도전할 실력이 아니라면 릴리가 실행한 것처럼 협박해서 『등불』을 해산시켜야 했다.

마지막으로 흑발 소녀가 선동하듯 크게 몸짓하며 의견을 정리했다.

"방침은 일치됐네. 이건 좋은 기회야. 분명 선생님은 우리를 얕보고 있는 거야. 단순한 낙오자라고 깔보고 있는 거야! 가르쳐 주자! 우리의 실력을!"

흑발 소녀가 주먹을 치켜들었다.

"목표는 10초 이내에 결판을 내는 거야!"

그녀들은 의기양양하게 「오오~!」 하고 주먹을 들었다.

참고로 최초 습격은 예고대로 10초도 걸리지 않아 결판이 났다.

클라우스가 복도에 나왔을 때 소녀들은 훈련용 단검을 들고 돌격했다. 천장과 좌우에서 빠르게 튀어나와 포위했고, 그리고— 한 명도 남김없이 와이어에 발이 걸렸다.

꽈당, 소녀 전원이 일제히 넘어지며 바닥에 얼굴을 박았다.

"……놀잇거리도 안 되는군."

클라우스는 소녀들의 등을 밟고서 복도를 걸어갔다.

이후 그의 새로운 교육 방식에 이의를 제기하는 자는 사라졌다.

◇◇◇

릴리가 경위를 회상하고 있으니 흑발 소녀의 눈가가 파르르 경련했다. 주의 깊게 살펴보자 역시 그녀의 미모에도 피로가 드리워 있었다.

"……후후, 나를 이렇게나 업신여기다니…… 인정 못 해……."

"상당히 원망하고 있네요."

"매일 도전하고 있는데 코웃음을 치니 그야 화도 나지."

새로운 수업 방침이 도입되고 닷새가 지났는데도 소녀들은 패배를 되풀이하고 있었다.

클라우스에게 빈틈은 없었다.

자다가도 소녀가 방에 한 발자국 숨어들면 기상했다. 클라우스가 다니는 복도에 함정을 깔면 간단히 해제했다. 잔꾀를 쓰지 않고 정면으로 덮쳐도 전원 수갑을 차고 말았다. 약점을 잡으려고 미행하면 따돌려졌다. 흑발 소녀가 색정적으로 「선생님…… 오늘 밤 내 침대에서 즐거운 일 안 할래?」라고 유혹하자 체스판을 들고 찾아와서는 방에 숨어 있던 소녀들을 때려눕히고 체스까지 다대일 승부로 이겼다.

처음에 소녀들은 수업의 일환으로 습격했지만, 패배할 때마다 클라우스에게 『놀잇거리도 안 되는군』이라는 말을 들었다. 점점 짜증나고 있었다.

어느새 소녀 전원이 적개심에 가까운 감정을 공유했다.

―저 젠체하는 남자를 찍소리도 못 하게 만들고 싶다!

수단을 가릴 때가 아니라서 소녀들은 이렇게 욕실에 돌격하기로 했다.

"근데 선생님이 마침 목욕해 주다니 운이 좋았어요."

릴리가 불쑥 의문을 꺼냈다.

흑발 소녀가 자신의 윤기 나는 머리카락을 뒤로 넘겼다.

"실은 아까 내가 커피를 나르는 척 선생님한테 쏟았어."

"오오, 용케 선생님한테 명중시켰네요."

"후후, 남자는 단순해. 지금쯤 선생님은 샤워하면서 덜렁대는 내게 어떤 벌을 내릴지 추잡한 망상을 하고 있을 거야. 선생님의 머릿속에서는 메이드 차림인 내가 『주인님…… 죄송해요』라고 사죄하며 앞섶을 벌리고서 알랑알랑 교태를…….”

“오, 오오? 잘 모르겠지만 어른스러운 계획이에요.”

후반은 무슨 말인지 알 수 없어서 릴리가 눈을 끔뻑였다.

“릴리, 간단히 믿지 마. 아마 저 녀석의 남성관은 상당히 꼬여 있어.”

옆에서 대기하는 백발 소녀가 늠름하게 태클을 걸었다.

흑발 소녀가 헛기침을 했다.

“그러는 너는 자기 역할을 완수했어?”

“당연하지. 진작에 훔쳤어. 녀석의 주머니에서 말이야.”

백발 소녀가 자랑하듯 열쇠를 보여 줬다.

그럼 완벽하네. 흑발 소녀가 씩 웃었다.

“기대되는걸. 목욕 중에 조명이 꺼지고, 창문도 막히고, 갑자기 이성이 셋이나 쳐들어오면 필시 패닉에 빠지겠지.”

여러 가지 의미에서 걱정되는 악랄한 소행이었다.

“……돌격 10초 전.”

소녀의 말과 함께 릴리를 포함한 돌격조 세 사람은 눈을 감았다. 어둠에 눈을 익히고 10초 후. 소녀들이 눈을 뜬 순간, 복도와 욕실의 조명이 꺼졌다.

—작전 개시.

소녀들은 일제히 욕실을 향해 달려갔다.

어둠에 순응한 눈으로 문제없이 탈의실을 빠져나갔다.

백발 소녀가 욕실 문에 도착했다. 욕실 문에는 잠금장치가 달려 있었다. 사전에 입수한 열쇠를 구멍에 꽂았다.
"어라?"
그리고 손을 멈췄다.
"얼른 해!"
흑발 소녀가 아우성쳤다.
"안 열려. 이상하네. 가짜를 쥐여 준 건가?"
"뭐?"
"어쩔 수 없지. 문을 통째로 부숴야겠어."
"대충이야!"
백발 소녀가 욕실 문을 걷어차서 잠금장치까지 날려 버렸다. 고치는 건 나중에 걱정하기로 하고 소녀들은 욕실에 돌입했다.
욕실의 넓이는 기껏해야 10㎡ 정도.
릴리는 클라우스를 발견했다. 비누를 쥐고서 직립해 있었다. 다행히 클라우스의 고간은 어두워서 잘 보이지 않았다.
시간을 허비한 게 신경 쓰이지만, 아직 클라우스의 눈은 어둠에 익숙해지지 않았을 터.
이대로 제압해서 구속하면— 그런 생각이 들어 설렌 순간이었다.
"멍!"
클라우스가 크게 외쳤다.
평소 조용한 남자의 기괴한 소리, 어두운 공간, 목소리가 잘 울리는 욕실이라는 환경.
소녀들은 주춤하고 말았다.

그 틈을 노린 것처럼 클라우스가 비누를 투척.

정교하게 제어되어 날아온 비누는 릴리의 발밑으로 미끄러졌다.

"넘어!"

릴리의 몸이 허공에 떠올랐고.

"졌어요오오!"

다른 소녀들과 함께 고꾸라졌다.

넘어지고 나서 알았는데 바닥에 샴푸가 뿌려져 있었다. 미끄러지기 쉬운 상태였다.

돌격한 세 명 모두가 욕실 바닥을 미끄러졌다. 벽에 부딪혀 정지한 후 소녀들은 일어나려고 했지만, 어둠 속에서 서로가 어떤 자세로 있는지 알 수 없어서 동료의 발을 서로 잡아당겨 재차 넘어졌다.

"내, 냉정해져야 해!"

흑발 소녀가 외쳤다.

"타깃은 무기는커녕 옷도 없어! 아직 기회는 있어!"

"—극상이야."

클라우스는 여유 넘치는 움직임으로 창문에 다가갔다. 창문은 옥상 담당이 덮개를 덮어 뒀다. 그 덮개를 클라우스가 바탕손으로 파괴했다.

창문으로 햇빛이 들어오며 욕실의 어둠을 몰아냈다.

"그 불굴의 정신은 훌륭해. 하지만 궁리가 전적으로 부족해."

클라우스는 햇빛을 등지고 직립했다.

알몸인 채로.

"타깃은 야생 동물처럼 다뤄야 해. 초원을 뛰어다니는 수사슴과 접하듯 만나고, 동면 준비 중인 다람쥐를 예뻐하듯 관찰해라. 아직 불가능 임무에 도전할 수준에는 도달하지 못했군."

"……일단 수건을 둘러."

백발 소녀가 늠름하게 지적했다.

"그리고 보다시피. 훈련받은 스파이는 나체를 보인 것 정도로 동요하지 않아."

"수건을 둘러."

"반대로 너희도 수치스러워하지 말고 나를 쳐다볼 만한—."

"수건을 둘러."

클라우스는 허리에 수건을 감았다.

왠지 재미없어하는 것처럼 보였는데 기분 탓일까.

"—그렇게 개선점이 산더미 같지만 시도 자체는 나쁘지 않아. 또 열두 시간 이내로 습격하러 오도록."

흑발 소녀가 고아하게 후후 웃었다.

"어머, 도망칠 수 있을 것 같아? 욕실 문은 부서졌지만, 탈의실 문에는 숫자 자물쇠가 걸려 있어."

"평소처럼 너희를 심문해도 좋지만."

클라우스는 소녀들 앞을 지나쳐 탈의실 문을 잡았다.

"다행히 내게는 마스터키가 있어."

간단히 잠금이 풀렸다.

숫자 자물쇠에 마스터키가 있을 리도 없는데—.

소녀들이 아연히 바라보고 있으니 클라우스가 뒤돌았다.
"그리고 말하는 걸 깜빡했는데."
"응?"
"훈련으로 습격하는 건 상관없어. 하지만 불순한 동기로 목욕 중에 덮치는 건 맨 마지막으로 해 줘."
"불순한 동기 따위 없어!"
농담인지 진담인지 모르겠으나 소녀들에게 확실히 굴욕을 안겼다.
이렇게 소녀들은 연패를 거듭해 나갔다.

"아아아아아아아아아아아아아! 어째서 못 이기는 거야아아!"
"선생님의 거기, 보고 말았어요. 아아, 으아아."
"야. 다음은 내가 지휘할래. 반드시 잘할 거야."
"우선 정보 수집이 최선임다. 냉정하게 약점을 판별하지 않으면…… 무섭습다."
대형 홀에서 소녀들이 제각기 말했다. 테이블을 에워싸고서 습격 포인트와 시간 개선점을 논했다. 아무튼 시간이 없었다. 열두 시간 이내에 한 번 습격하는 것이 추천되었다.
클라우스의 새로운 수업 스타일은 훌륭하게 기능하고 있었다.
일류 스파이와 싸우며 소녀들은 경험을 쌓아 나갔다.
"하지만 모르겠어. 아까 그건 뭐야? 탈의실 자물쇠는 안 열려야 하잖아?"

흑발 소녀가 고아하게 고개를 갸웃하자 한 소녀가 「응?」 하고 반응했다.

"혹시 나한테 하는 말이야?"

청은발을 난잡하게 묶은 소녀가 불손하게 웃었다.

뭐라고 특징 잡기 어려운 소녀였다. 보통 몸집에 보통 키. 나이는 열여섯. 반듯한 얼굴이지만 놀랍도록 아름답지는 않았다. 유일하게 특징적인 머리 모양도 적당한 호칭이 떠오르지 않았다. 어딘가 초연한 분위기를 풍겼다.

"남의 일처럼 말하네……. 자물쇠 담당은 너잖아?"

"하지만 모르는 일이야. 내가 단 건 숫자 자물쇠. 여섯 자리 숫자를 맞추지 않는 한 열릴 리가 없어."

"……일단은 잘못을 인정해."

"어라~? 돌격조는 더 성대하게 실패하지 않았나~?"

"……윽."

본인이 우수하기도 해서 쉽게 거만해지는 것이 그녀의 나쁜 버릇이었다. 참고로 생활 둘째 날에 유일하게 자물쇠를 제한 시간 내에 푼 사람이 그녀였다.

싸움이 격해지기 전에 릴리가 손뼉을 쳤다.

"자, 자, 지금 중요한 건 팀워크. 동료와의 유대에요~ 둘 다 진정해요. 제가 사 온 초고급 피낭시에 하나씩 줄 테니까요."

"어머…… 맛있어!"

"아, 맛있다."

"후후, 하나 더 먹고 싶으면 『멋진 리더』라고 떠받드세요!"

알기 쉽게 우쭐해졌다며 야유가 날아왔다.

소녀들은 자세한 경위를 파악하지 못했으나 리더 결정을 받아들였다.

의문은 많았지만 장본인인 릴리가 「음~ 몇 번을 말해도 감미로운 울림이에요, 리더. 이 시대의 총아, 릴리의 전설이 시작될 것 같아요, 우후후!」 하고 기뻐했기에 인정했다.

제 세상을 만난 것처럼 구는 릴리를 내버려 두고서 소녀들은 습격 방법을 의논했다. 간단히 답이 나오지 않는 난제이긴 했으나 말에는 열의가 담겼다. 그 정열은 클라우스에 대한 미움이 태반이었지만 이성적인 판단도 있었다.

사망률 90%— 그것이 소녀들의 눈앞에 닥친 숫자다.

클라우스는 생환을 약속했으나 그 말을 맹신할 근거는 없었다.

"아무튼 지금은 더 깊이 연대할 수밖에 없어."

흑발 소녀가 의견을 정리했다.

"남자 한 명 쓰러뜨리지 못하면서 불가능 임무를 소화하진 못할 테니까."

"흥. 뭐, 그게 지금 우리가 할 수 있는 일이지."

청은발 소녀가 불손하게 콧방귀를 뀌며 동의했다. 그리고서 문득 생각난 것처럼 테이블과 동떨어진 소파에 앉은 소녀를 보았다.

"계속 입을 다물고 있는데—."

청은발 소녀가 그녀의 이름을 말했다.

"에르나, 넌 의견 없어?"

금발 소녀— 에르나는 귀찮다는 듯 얼굴을 들었다.

눈부신 금발과 투명한 흰 피부. 장인이 만든 인형 같았다. 프릴이 많이 달린 드레스도 한몫했다. 겉모습뿐만 아니라 내내 말이 없는 것도 그 인공적인 분위기를 한층 부각했다. 『등불』의 멤버 중에서 가장 발언 수가 적은 소녀였다.

나이는 열네 살. 최연소.

그 소녀가 마지못해 말하는 모습으로 입을 열었다.

"—틀렸어."

첫마디가 그거였다.

"릴리 언니가 한 말. 에르나, 줄곧 신경 쓰였어."

"응……?"

릴리가 고개를 갸웃했다.

"유대 따위 허울 좋은 말이야. 우리는 스파이. 간단히 믿어서는 안 돼."

내치는 듯한 말투였다.

다른 소녀가 일제히 에르나에게 시선을 보냈다. 지금 상황에서 팀의 결속을 해치는 발언에 의미가 있는지 모르겠다. 비난과 의문이 섞인 눈길이었다.

"저, 저기, 피낭시에 먹을래요?"

릴리가 답답해진 분위기를 민감하게 감지했다.

"필요 없어."

능청스럽게 구는 릴리에게 어울려 주지 않고 에르나는 일어났다.

"……산책하고 올게."

자신은 의논에 참가하지 않겠다고 표명하듯.

명확하게 거절당하여 멤버는 아연해하는 자와 불만스러운 표정을 짓는 자로 나뉘었다.

그것도 개의치 않고 에르나는 걸음을 멈추지 않았다.

릴리가 말했다.

"에르나, 동료를 믿어 주세요. 그게 팀이에요."

에르나가 천천히 뒤돌았다.

"믿으면 지는 거야. 그게 스파이야."

얼음장 같은 차가운 눈이었다.

무거운 침묵이 홀을 채웠다.

◇◇◇

에르나는 아지랑이 팰리스를 빠져나와 노을 진 거리를 걷고 있었다.

정처 없는 산책이었다. 증기 기관차를 다리에서 내려다보다가 연기를 맞았다. 역 앞에 늘어선 상점에서 크레이프를 구입하고, 광장에서 길거리 연주 중인 악단 앞에서 몸을 까딱거렸다. 여섯 시를 알리는 교회 종소리에 깜짝 놀라 크레이프를 떨어뜨렸다. 기분 전환 삼아 코인 오르골에 동전을 투입했지만 전혀 움직이지 않아서 툭툭 두드리다 포기했다.

정말로 목적이 없는 산책이었다.

세상에는— 두 종류의 인간이 있다.

『다른 사람과 헤어진 후 충족되는 타입』과 『다른 사람과 헤어진 후 반성회를 여는 타입』이다.

에르나는 전형적인 후자였다.

'말이 심했어…….'

그렇게 그녀는 혼자서 우울해하고 있었다.

역 앞을 떠나 터벅터벅 좁은 길을 걸어갔다.

'에르나는 『스파이는 모든 걸 의심해야 한다』고 정론을 전하고 싶었을 뿐인데 왜 그런 식으로 말한 걸까……. 분위기가 완전히 얼어붙었어…….'

가로등은 큰길에만 놓여 있어서 조금만 길을 벗어나면 주변은 어둠에 휩싸였다. 완전히 저물지 않은 태양이 희미하게 시야를 밝힐 뿐이었다.

그 어둠 속을 에르나는 어깨를 떨구고서 계속 걸었다.

'이대로 가면 임무 중에 에르나가 고립될 거야…….'

주위 사람들은 쿨한 아이라고 여기지만 상당히 섬세한 인격을 가지고 있었다. 그러면서도 묘한 곳에서 자존심을 발휘하여 주위 사람들과 척을 지고 말았다.

스파이에게 있어 팀 내 고립은 죽음을 초래한다.

머리로는 이해하고 있지만—.

'게다가 어색함을 견디지 못하고 도망쳤어…….'

산책은 구실이었다.

대화하기 무서워서 도망쳤다.

'빨리 돌아가서 사과해야 해……. 생긴 대로 귀여운 여자아이처럼 굴면서 「릴리 언니, 미안해……」 하고 말하는 거야……. 하지만 억지로 다가가면 에르나의 **그것**에 말려들 텐데…….'

어떻게 해야 할지 방침은 알고 있지만 사교성이 부족해서 사고가 엉뚱한 곳으로 튀고 말았다.

"불행……."

에르나가 쓸쓸하게 고개를 숙였다.

그때—.

"안녕, 아가씨. 잠깐 멈춰."

"어?"

갑자기 말을 걸어와서 발을 멈췄다.

얼굴을 돌리자 문신을 잔뜩 한 무뢰한으로 보이는 남자 두 명이 노려보고 있었다. 에르나의 퇴로를 막듯 성큼성큼 다가왔다.

저도 모르는 사이에 항구까지 걸어오고 말았다. 항만 노동자가 사는 지역은 치안이 나쁘다고 들었다. 술과 음식물 쓰레기 냄새가 진동했고, 당장에라도 무너질 것 같은 벽돌집이 늘어서 있었다.

정보는 머릿속에 있었다. 항구 부근에서는 가혹한 항만 노동으로부터 도망친 남자들이 좋지 못한 조직을 형성하고 있다고. 저들도 그중 한 사람일까.

“예쁜 옷을 입은 걸 보니 부르주아로군? 잠깐 뒷골목으로 와 줄래?”

“싫어…… 저리 가.”

뒷걸음질 쳤지만, 그때, 후방에도 남자가 나타났다. 그룹의 동료이리라.

너무 정신을 놓고 있었다.

눈치채지 못한 사이에 포위당하다니.

“난리 피우지 마. 그냥 힘든 사람 좀 돕는다고 생각해. 사이좋게 지내자고.”

사이좋게?

그 단어에 반응하여 에르나는 무심코 입을 열었다.

“저기, 아저씨…… 어떻게 사이좋게 지내려고……?”

“응? 그야 힘을 과시하면 되지.”

남자는 품에서 단검을 꺼냈다.

“자, 아가씨도 아저씨랑 사이좋게 지내고 싶지?”

단검을 에르나에게 들이댔다.

소녀를 위협하기에는 충분한 흉기였다.

“불행…….”

에르나는 코를 미미하게 실룩였다.

“응?”

“뒷골목…… 이쪽으로 가면 돼?”

에르나가 고분고분하게 걷기 시작하자 남자는 비열하게 웃었다.

"봐, 친해졌잖아. 아저씨가 말한 대로야."

"……."

난폭하긴 하지만 남자의 주장은 일리 있었다.

사람은 힘 있는 존재에게 끌린다. 신뢰할 만한 동료로서. 안심할 수 있는 파트너로서.

—사이좋게 지내려면 자신의 힘을 과시하면 된다.

알아차리고 나니 참 심플한 발상이었다.

아아, 그래. 알기 쉬운 방법이 있다. 다른 동료가 실패를 되풀이하고 있는 과제를 자신이 성공시킨다는 단순 명쾌한 해답이.

"아가씨의 아빠는 이름이 뭐지? 회사 사장님? 의원님? 혹시 괜찮다면 소개해 주지 않을래?"

"……."

"계속 입 다물고 있을 거야? 여기서 옷이 벗겨지고 싶어?"

에르나의 사고를 차단하며 남자가 바싹 다가왔다.

세 남자가 에르나를 에워싸고 있었다.

뒷골목의 막다른 곳까지 와 버렸다. 도망칠 곳은 없었다.

"불행……."

나직이 말했다.

"정말로 에르나의 인생은 늘 그래."

무심코 이름을 밝히고 말았지만, 다행히 남자들은 듣지 못한 듯했다. 의아하다는 눈길을 보냈다.

에르나는 말을 이었다. —그때까지 시간을 벌기 위해.

코를 킁킁 움직이며—.

"항상 휘말려. 매일 불어닥쳐. 사고, 비극, 재해."

"뭘 쫑알쫑알—."

"하지만 점점 알게 돼. 어렴풋이 파악돼. 그 불행이 일어나는 장소와 타이밍."

때가 됐다.

그 사실을 에르나의 후각이 감지했다.

"코드 네임 『우인(愚人)』— 애써 죽일 시간이야."

에르나는 위쪽을 올려다보았다.

남자들도 따라서 하늘을 쳐다보았다. 직후, 전율했다.

—벽돌 비.

벽돌 수십 개가 하늘에서 떨어지고 있었다.

남자들이 숨을 삼키는 사이에 에르나는 이미 움직이고 있었다.

에르나와 남자들이 있는 일각은 오래된 벽돌 건물이 많은 곳이었다. 오랜 세월 비바람을 맞아 외벽에서 벽돌이 무너져 내릴 조짐을 눈치채고 있었던 에르나와 달리 남자들은 발을 움직이지 못했다.

재빨리 안전권에 도달하여 뒤돌아본 에르나는 바야흐로 벽돌에 깔리려고 하는 남자들에게 멸시의 시선을 보냈다.

"잘 가, 아저씨."

◇◇◇

에르나가 아지랑이 팰리스에 돌아왔을 때, 릴리는 비명을 질렀다.

"어쩌다 그렇게 지저분해진 거예요!"

몇 시간 만에 본 에르나는 흙을 뒤집어쓰고 있었다. 치맛자락이 찢어져서 그녀의 하얀 허벅지도 노출되어 있었다. 다치진 않은 것 같지만 꼴이 엉망이었다.

경악하는 릴리와는 대조적으로 에르나의 반응은 쌀쌀맞았다.

"늘 있는 일이야."

"그렇게 간단히 말해도……."

릴리가 말을 잇기 전에 에르나가 중얼거렸다.

"다음 습격, 에르나가 할게."

"예……?"

"언니들은 서포트에 전념했으면 좋겠어."

그 말만 남기고서 에르나는 계단 위로 사라졌다.

릴리는 그 쓸쓸한 뒷모습을 바라볼 수밖에 없었다.

"괜찮을까요……?"

혼잣말로 중얼거린 대사였다.

하지만 아래쪽에서 갑자기 커다란 소리가 났다.

"괜찮지 않아요~!"

화들짝 놀라서 몸을 뒤로 빼며 고개를 휙 숙였다.

자그마한 소녀가 서 있었다.

장난에 성공한 것이 기쁜지 순진하게 웃고 있었다.

회분홍 머리—라고 표현하고 싶어지는 애시핑크색 머리를 가진 소녀였다. 에르나와 마찬가지로 최연소인 열네 살. 치렁치렁한 머리를 휘날리고, 작은 몸을 크게 흔들며, 늘 천진난만하게 웃었다. 벽화에 그려진 천사처럼 사랑스러웠다.

"나님은 에르나랑 한때 같은 학교에 다녔어요! 그래서 소문도 알아요! 아주 불운한 아이랬어."

콩콩 뛰며 회분홍 머리 소녀가 설명했다. 누군가에게 가르쳐 주고 싶어서 참을 수 없다는 듯이.

"불운? 비과학적이네요."

릴리가 작은 목소리로 대답했다.

"하지만 진짜인 것 같던데요? 나님이 아는 사람도 사고를 당했어요. 그 탓에 에르나는 다른 학교로 보내졌죠!"

심각한 이야기를 굉장히 밝게 가르쳐 줬다.

그게 에르나가 문제아 취급을 받은 이유인가.

동료와 협력할 수 없는 인간이 낙오되는 현실은 뼈저리게 알고 있었다.

"으음~ 뭔가 슬픈 얘기네요……."

"어디가요?"

"예? 그런 얘기 아니었나요?"

"정말! 귀 좀 빌려주세요!"

회분홍 머리 소녀가 달려들어서 릴리의 귀에 속삭였다.

"……에르나를 따라가면 사고를 당해요. 살인이 아니라 사고사로 처리된다고요. 궁극의 암살이잖아요!"

그녀의 설명에 릴리는 눈을 크게 떴다.

비과학적이라며 웃어넘길 수 없는 사실이었다.

불행을 부르고 불행을 내린다— 만약 그게 가능하다면 허점이라고는 전혀 없는 완전 범죄를 저지를 수 있다.

무기도 없이.

자신이 죽인 흔적도 없이.

우연처럼— 타깃을 처리할 수 있다.

릴리의 등골이 서늘해졌다.

"사고 재해의 스페셜리스트— 그게 에르나예요!"

그건 든든한 걸 넘어서 섬뜩한 사실이었다.

에르나가 그 힘을 마음껏 휘두른다면 무슨 일이 벌어질지—.

◇◇◇

그날, 클라우스는 외출했다.

소녀들의 정보 수집으로 클라우스의 생활 패턴은 밝혀져 있었다. 기상 후 트레이닝룸에서 땀을 흘리고 샤워. 아침 식사 후에는 저녁까지 수상쩍은 서류를 보고, 자기 방에서 스파이 본부에 전보를 보낸다. 밤에는 외출하거나 방에서 그림을 그린다. 외출할 때는 자잘한 임무를 혼자서 소화하는지 다양한 곳에 갔다. 식사는 기본적으로 자취. 아지랑이 팰리스 내 주방에서 조리하여 자기 방에서 먹었다. 며칠에 한 번 식자재나 잡화를 사러 거리에 나갔다.

에르나는 외출하는 클라우스를 미행하다가 거리의 화구상에서 말을 걸었다.

"선생님, 이런 데서 다 보네……."

"음, 그러게."

클라우스의 손에는 커다란 종이봉투가 있었다. 빵빵했다.

"어젯밤에 릴리가 내 물감을 밟고 넘어져서 전부 못 쓰게 됐어. 어쩔 수 없이 다시 사러 온 거지. 너는 혼자인가?"

"에르나는 장보기 담당이야. 다른 멤버는 다음 습격에 대비해 훈련 중."

"그런가. 기대하지."

"응……."

"……."

"……."

"……."

"……."

'민망할 정도로 대화가 안 이어져…….'

원래부터 에르나는 말재주가 없었고 클라우스도 과묵한 타입이었다. 그런 두 사람이 같이 있어 봤자 이야기꽃이 필 리가 없었다.

계획상으로는 여기서 클라우스에게 같이 다니자고 해야 했다.

하지만 에르나의 입에서는 도저히 『같이 장 보자』라는 한마디가 안 나왔다. 기본적인 스파이 기술은 우수하지만 교섭만큼은 치명적으로 서툴렀다.

이대로는 타깃이 귀가할지도 모른다며 에르나가 초조해졌을 때.

"대체 뭘 사지?"

클라우스가 입을 열었다.

"어?"

"네가 살 거 말이야."

재촉하는 말에 에르나의 혀가 움직였다.

"시, 식재료. 그리고 비누, 자명종. 커튼이 찢어져서 천도 조금. 귀여운 게 있으면 에르나의 새 파자마도."

"혼자서 다 들기는 어렵겠어. 나도 돕지."

설마 타깃 쪽에서 도와줄 줄은 몰랐다.

생각지 못한 전개에 감사했다. 두 사람은 골목을 걷기 시작했다.

'하지만…… 미안해요. 선생님은 앞으로 불행해질 거야.'

친절을 이용하는 형태가 됐지만 어쩔 수 없었다. 속고 속이는 세계에 사는 인간이 이 정도 수단을 비열하다고 하지는 않을 것이다.

에르나는 코를 킁킁 실룩여 그『냄새』를 알아차렸다.

불행 체질— 어떤 정신과 의사의 진단 결과였다.

어릴 때부터 그녀는 계속 불운했다. 상류 귀족으로 태어났지만 저택에 불이 나며 부모를 잃었다. 기차를 타면 탈선했고, 길을 걸어가면 괴한을 만났다. 벼락이 바로 옆에 떨어진 적조차 있었다.

살아 있는 것이 가장 큰 행운이었다.

불행 체험을 거듭한 결과, 에르나는 그 불운을 감지하게 됐다.

냄새— 후각으로.

어떤 원리인지는 불명이지만 발생 장소와 타이밍이라면 맡을 수 있었다.

'누구도 쓰러뜨리지 못하는 선생님을 압도하는 거야. 흠씬 혼내주는 거야. 존경받고, 칭찬받고, 둘러싸여서, 에르나는 이번에야말로 모두와 친해질 거야. —그리고 꿈을 이룰 거야.'

타깃을 은근슬쩍 유도하며 에르나는 흡족하게 웃었다.

'코드 네임 『우인』— 애써 죽일 시간이야.'

두 사람이 큰길에 도착했을 때였다.

새까만 자동차 한 대가 두 사람에게 맹렬히 돌진해 왔다.

폭주차.

미리 예기했던 에르나는 순간적으로 비켜섰다. 설령 불운이 닥치더라도 스파이 기술과 각오만 있다면 회피할 수 있었다.

'불행…….'

에르나는 생각했다.

'뭔가 일어날 거라고는 생각했지만 폭주하는 자동차였을 줄이야. 너무 과했을지도.'

전조는 읽어 낼 수 있어도 실제로 어떤 사고가 일어나는지까지는 알 수 없었다.

자동차는 감속하지 않고 인도로 올라왔다.

클라우스는 갑작스러운 비극에 반응할 수 없는지 그 자리에서 움직이지 않았다.

다른 통행인의 비명이 들렸다.

에르나는 눈을 감고 싶었지만 참았다.

자동차와 클라우스가 격돌— 클라우스의 몸이 공중으로 날았다.

뭔가가 터지는 소리가 났다.

폭주차는 클라우스를 친 후 스핀하여 인도를 벗어난 곳에서 정지했다. 인도에 생긴 타이어 자국이 충격의 처절함을 이야기했다.

하늘 높이 날아간 클라우스의 몸은 힘없이 회전하며 낙하했고.

"음, 위험했어."

깔끔하게 착지했다.

'응응응응응응응응응응응?'

에르나는 그 광경을 믿을 수가 없었다.

폭주차에 치인 남자가 왜 멀쩡한 것인가.

출혈 없음, 외상 없음. 당황한 기색조차 없었다.

클라우스가 손을 털며 다가왔다.

"다치진 않았나?"

"서, 선생님, 무사해?"

"글쎄? 크게 다치진 않았을 거야. 뭐라고 한마디 해 주고 싶지만 경찰에 맡기기로 하지. 너무 눈에 띄었어."

"운전자 말고 선생님이 무사하냐고 물어본 거야!"

"보다시피."

오히려 왜 그런 질문을 하는지 의문이라는 듯 클라우스는 아무렇지도 않게 걷기 시작했다. 다치기는커녕 복장조차 깨끗했다.

자동차와 격돌하는 순간, 보닛을 차서 도약한 모양이다. 한순간이라도 타이밍이 어긋나면 죽을 수도 있는 신기였다.

에르나는 정지한 자동차를 관찰했다.

대체 저 차는 왜 스핀했을까.

격돌한 순간 났던 파열음은 뭐였을까.

“펑크 냈어.”

의문을 알아차렸는지 클라우스가 설명했다.

“저대로 주행시키면 사망자를 낼지도 모르니까.”

“그 짧은 순간에……?”

“방법을 알고 싶나?”

“그건 됐어.”

“단검으로 타이어를 쓱싹하면 돼.”

“기대 안 했어.”

얼빠진 대화를 나누며 에르나는 마음을 다잡았다.

옆에 있는 남자는 일반인과 감각이 너무나도 다른 괴물이다. 차에 치인 정도로는 대미지를 1도 줄 수 없다.

‘하, 하지만 불행의 냄새는 아직도 나니까……!’

죄책감을 느낄 때가 아니었다.

어쩌면 웬만한 불행으로는 이 남자에게 상처 하나 입힐 수 없을지도 모른다—.

불운하게도 에르나의 예감은 적중했다.
유도하는 곳곳마다 클라우스는 불행을 회피했다.

골목을 걷고 있으니 노점에서 뜨거운 물이 가득 든 냄비가 두 사람 쪽으로 쓰러졌다. 에르나는 회피에 전념했으나 클라우스는 피하지 않았다. 가죽 코트로 냄비를 덮어서 받았다.
냄비에서 뜨거운 물은 거의 쏟아지지 않았다.

주택가에 들어서니 사나운 대형견이 있었다.
뭐가 마음에 안 들었는지 모르겠지만 에르나와 눈이 마주치자 이빨을 보이며 덤벼들었다. 광견을 묶고 있던 쇠사슬은 풀려 있었다. 인간이 결코 도망치지 못할 속도로 에르나에게 달려들었지만.
"기운찬 개군."
클라우스가 손으로 개의 턱을 가볍게 치자 얌전해졌다.
에르나는 도망칠 여유도 없어서 다리를 후들거릴 수밖에 없었다.

뒷골목으로 가니 어제 무뢰한들을 격퇴했을 때처럼 벽돌이 무너졌다.
이때 클라우스는 「이런」 하고 굴욕스러워하는 소리를 냈지만.
"조금 깨지고 말았어."
별것 아니었다.

위에서 쏟아진 벽돌 열네 개를 전부 온전히 캐치하지 못했다— 그 정도 실패였다. 근처에 있던 다리 풀린 여성을 걱정하는 여유조차 있었다.

'정말로 괴물이야…… 이 남자…….'

그렇게 생각하며 노려봤지만 클라우스의 표정은 상시 태연했다.

시간이 지날수록 풀이 죽은 사람은 에르나였다.

타깃은 쌩쌩했다. 불행에 휘말렸다는 자각조차 거의 없는 듯했다. 태연한 얼굴로 같이 장을 봐 주고 있었다. 구입한 짐 때문에 움직임이 제한될 텐데 에르나의 유도에 군말 없이 따랐다.

한편 에르나는 새삼 자각해야 했다.

자신의 힘이 얼마나 끔찍한지.

'역시 에르나는 무서운 아이야…….'

평소에는 연속해서 불행의 냄새에 다가가지 않는다.

감지하면 도망치는 것이 평범한 판단이다.

'일반인이었다면 몇 번이나 크게 다쳤어도 이상하지 않아…….'

불행과 만날 때마다 누군가가 귓가에 속삭이는 듯한 착각에 빠졌다.

—이 비극은 너 때문에 일어나는 거야.

이번에 옆에 있던 사람이 규격을 벗어난 인물이었으니 망정이지. 자신 또래의 소녀였다면? 『등불』의 멤버였다면? 그래도 그녀들은 자신과 사이좋게 지내 줄까? 아니, 애초에 이 남자도 자신의 힘을 알면 멀어지지 않을까?

'누군가와 친해지는 건 포기하는 편이 좋을지도 몰라…….'

『쟤한테 다가가지 않는 게 좋아.』

양성 학교에서 그 소문을 퍼뜨린 사람은 누구였을까?

언젠가『등불』에도 똑같이 소문이 돌아서—.

"이걸로 장은 다 봤나."

에르나가 사고의 늪에 빠져 있으니 클라우스가 말을 걸어왔다.

퍼뜩 정신이 들었다.

사전에 말했던 물건은 전부 사 버렸다. 클라우스가 세제를 안고 상점을 나온 참이었다.

아직 타깃을 피곤하게 만들지도 못했는데.

"마, 맞아. 하지만 아직 가고 싶은 곳이—."

"이제 연기는 그만하자."

클라우스가 발을 멈췄다.

에르나가 얼굴을 돌리니 클라우스가 고요한 눈으로 내려다보고 있었다. 등골이 오싹해졌다. 온몸에서 땀이 샘솟았다.

'어……?'

위압감.

종이봉투가 손에서 벗어났다. 지면에 떨어진 그것을 주워야겠다는 생각도 안 들었다.

"에르나, 사실 네 능력은 양성 학교의 교관에게 들었어. 『불행을 끌어들이는 소녀』라더군."

"……읏!"

"그 경고의 진실을 겨우 이해했어."

이미 한참 전에 알려져 있었다.

그의 행동은 전부 연기였다. 에르나의 공격을 다 내다보고 있었던 것이다. 능력을 가늠하기 위해 같이 다닌 모양이다.

클라우스가 에르나에게 손을 뻗었다.

클라우스가 『등불』 소녀들을 날려 버리는 광경이 뇌리를 스쳤다.

에르나는 반사적으로 눈을 감았다.

당한다—.

"주위 사람들에게 오해받고 있었구나."

에르나가 걱정한 것과는 정반대로.

클라우스는 에르나의 머리를 쓰다듬었다.

"이거야말로 불행이야. 너처럼 재능 있는 아이가 정당한 평가를 받지 못하고 있어."

"하, 아아?"

상황을 이해할 수 없어서 목소리를 내고 말았다.

"잘했다."

눈앞에서는 클라우스가 사랑스럽다는 듯 고개를 끄덕이고 있었다.

"너는— 누구보다도 행운이야."

에르나의 이해를 넘어선 말이었다.

그녀는 따뜻한 손길을 받으며 어떤 정신과 의사의 말을 떠올렸다.

◇◇◇

『응, 아가씨. 네 진단 결과를 알려 줄게.』

『불행 체질…… 편의상 그렇게 부르지만 그런 비과학적인 체질은 있을 수 없어.』

『자기 처벌 소망이라고 불러야겠지.』

『귀족 저택 화재…… 기억나는군. 유일하게 살아남은 아가씨가 있다고 했지.』

『그 일로 너는 「자신만 살아 있는 건 약았다」라는 망상에 사로잡혔어.』

『그래서 벌을 바라는 거야. 무의식적으로.』

『자살하고 싶어 하는 사람이 손목을 긋는 예도 있는데 비슷한 사례려나. 자해 행위를 반복하는 사람이 바로 자살하지 않듯, 너도 계속해서 자신을 벌주지만 죽을 만한 벌은 내리지 않아. 어디까지나 정신을 안정시키기 위한 수단이니까. 자기 처벌을 바라는 거지 자살하고 싶은 건 아니야.』

『살아남은 자신은 더 많은 사람을 구한다…… 그런 너의 꿈도 객관적으로 보면 상당히 자기 처벌적이야.』

『자신을 책망해선 안 돼. 그게 또 자기 처벌 소망을 일으키니까.』

『하지만 너는— 그 사이클을 반복하겠지.』

◇◇◇

그 설명이 에르나의 능력에 대한 합리적 해석이리라.

에르나는 자진해서 불행으로 향한다. 무의식적으로 불행을 바라고 이성이 그것을 막고 있었다. 무의식이 자신을 벌할 불행을 바라고, 알아차리고, 에르나를 그곳으로 보냈다.

자신을 책망하지 말라고 했지만, 책망하지 않는 게 더 이상했다.

불행으로 상처 입는 것이 자신뿐이라면 그나마 괜찮다. 하지만 에르나의 불행은 때로 주위를 끌어들였다. 곁에 있는 것, 에르나에게 친절했던 사람조차.

그런 자신을 줄곧 추악하다고 느꼈다. 더럽다고 멸시했다.

양성 학교에서 친구를 한 명도 사귀지 못한 것도 당연했다.

그런데 눈앞의 남자는 어째서 이런 자신의 머리를 쓰다듬고 있을까—.

"네 덕분에 많은 인간이 살았어. 폭주한 차는 다른 통행인을 들이받았을 수도 있었어. 기울어진 냄비가 그대로 성대하게 쓰러졌다면 지나가던 사람들에게 튀었겠지. 광견은 어린아이를 물었을 테고, 벽돌은 여성에게 쏟아졌을 거야."

"엥?"

얼빠진 목소리를 냈다.

말의 일면은 옳았다.

오늘 체험한 불행은 반드시 타인이 있는 곳에서 일어났다. 클라우스가 대처하지 않았다면 다른 희생자가 나왔다.

에르나가 유도하고 클라우스가 사람들을 구했다.

듣고 보니 그런 측면도 없지는 않지만—.

"우, 우연히 그런 거야!"

에르나는 외쳤다.

"그러려고 한 게 아니야! 에르나는, 선생님한테 대미지를 주려고 유도한 거야! 피폐하게 만들어서 약해졌을 때 다 같이 습격하려는 계획이었어. 다른 사람을 도운 건 우연이야!"

무심코 계획을 전부 밝히고 말았다.

어째서 이렇게나 흥분했는지 자신도 알 수 없었다.

"에르나는! 불행하고, 불길하고, 미움받는 사람이야! 행운이라고 태평한 소리를 해 봤자 화만 나! 가볍게 말하지 마. 머리를 쓰다듬으면서 어린애 취급하지 마! 선생님 옆에 있는 건 자기만족을 위해 남을 불행에 끌어들이는 추악한 악마야!"

"나는 불행에 말려들지 않았는데?"

"그건……."

"음, 머리에 먼지가 묻었어."

클라우스는 한없이 마이페이스로 에르나의 머리를 한 번 더 만졌다.

'어째서, 이렇게 주저 없이 에르나를 만질 수 있는 거야……?'

에르나는 당황해서 그 손을 세게 뿌리쳤다.

'잔뜩 불행한 일을 겪었으면서도 에르나를 걱정하고! 에르나의 힘도,

악의도 알면서 개의치 않는다니! 그런 웃기는 인간이 있을 리가—'

"왜 그래? 에르나."

클라우스가 물었다.

"—우는 건가?"

"……냐!"

"응?"

"냐!"

"냐?"

"우, 우는 거, 아냐……!"

"그래."

클라우스는 사실을 지적하지 않았다.

그 상냥함이 참을 수 없이 안락했다.

참을 수 없이 가슴이 따뜻해졌다.

"아무튼. 너의 행운이 국민을 구했어. 상을 주마. 어디 가고 싶은 곳 있나?"

클라우스의 제안에 에르나는 고개를 가로저었다.

"그런 거 알 리가 없잖아."

"네가 원하는 걸 묻고 있다만."

"처음, 이야."

에르나는 눈시울을 훔쳤다.

"누군가랑 데이트하는 거, 난생처음이야."

"……그런가. 그럼 내가 에스코트하지."

데이트를 부정하지 않고 클라우스는 슬쩍 걷기 시작했다.
습격 따위 까맣게 잊혀졌다.

클라우스가 이걸 뛰어넘는 치즈 케이크는 딘 공화국에 없다며 단언한 케이크는 각별한 맛이었다. 지하에 있는 회원제 레스토랑이라 에르나는 긴장했었지만, 테이블로 나온 케이크를 먹자 그런 생각은 싹 가셨다. 혀끝에서 매끄럽게 사라지는 식감. 귀족 아가씨로 살았을 때도 이렇게 맛있는 디저트를 먹은 적은 없었다. 순식간에 다 먹어 버렸다.

클라우스도 하나 다 먹은 후에 추가로 하나씩 주문했다.

"……내가 아직 어렸을 때, 스승님이 데려와 줬었어. 잘했다는 상으로."

그가 과거를 이야기하는 일은 드물었다. 미스터리어스한 그에게도 『스승』이 존재하는 모양이다.

그게 왠지 기뻐서 에르나도 이야기했다.

"정말이지, 에르나는 큰일이야! 처음 아지랑이 팰리스에 온 날도 기관차 사고가 일어났고, 예정했던 버스는 못 타고, 겨우 탄 버스의 타이어는 펑크 나고, 엉망진창이야."

"갑자기 말을 잘하게 됐네."

"지, 지적하니까 부끄러워졌어."

"아니, 기분은 이해해. 나도 친한 사람…… 가족 앞에서는 달변가가 돼."

"동료야!"

그렇게 대화를 나누다가 에르나는 코를 찌르는 듯한 자극을 감지했다.

—불행의 냄새가 났다.

—상당히 강렬한.

클라우스가 눈치 빠르게 알아차렸다.

"왜 그러지?"

"아, 아무것도 아니야……."

에르나는 망설였다.

'가르쳐 주면 선생님은 가 버릴지도 몰라…….'

그녀는 모든 불행을 자세히 예지하지는 못한다.

그저 직감으로 맡을 뿐이다. 『자신에게 닥칠지도 모르는 불행의 일부』만 알 수 있을 뿐, 구체적인 것은 몰랐다.

그 『냄새』는 평소라면 절대로 다가가지 않을 만큼 독했다.

'하지만…… 분명 선생님이라면 괜찮지 않을까……?'

시험해 보고 싶어졌다.

눈앞의 존재가 자신 곁에 쭉 있어 줄 인간인지.

오만하고 유치한 사고였다. 자각은 있었다.

하지만 클라우스가 신뢰해도 되는 인간인지 확인하고 싶은 욕구에 사로잡혔다.

—그도 결국 자신을 떠나 버릴지도 모른다.

—아니라면 그걸 증명해 줬으면 좋겠다.

에르나는 결단하고 몸을 앞으로 내밀었다.

"선생님, 같이 가고 싶은 곳이 있어."

두 사람이 향한 곳은 인적 드문 골목이었다.

항구의 창고가 늘어서 있었다. 한참 전에 시장도 닫은 저녁 시간대라 고요함이 감돌았다. 부두에 파도가 부딪쳐 철썩 소리를 내고서 물러갔다. 낮에도 검푸르게 보이는 항구의 바다는 밤이 되자 더욱 섬뜩했다. 창고에 다 들어가지 못한 컨테이너가 무수히 쌓여 커다란 성처럼 그림자를 만들었다.

에르나는 양손으로 코를 막고 있었다.

숨이 턱턱 막히는 『냄새』가 주위에 진동했다. 그녀만이 느낄 수 있는 불행의 냄새였다. 코를 자극했다.

심장이 쿵쿵 소리를 냈다.

필요가 없는 한, 불행에 스스로 뛰어들지 않는다.

지금부터 무슨 일이 일어날지 에르나는 상상도 가지 않았다.

숨을 참고 있으니 클라우스가 천천히 걸음을 멈췄다.

"에르나, 알고 있겠지만."

그가 입을 열었다.

"포위당했어."

알아차리지 못했다.

창고 뒤편에서 차례차례 남자들이 나타났다. 남자 여덟 명이 권총을 들고서 에르나와 클라우스를 포위했다. 인상이 나빴다. 적어도 선량한 인간으로는 안 보였다.

「뭐 하는 놈들이지?」 하며 클라우스가 얼굴을 찡그렸다.

얼굴에 문신이 있는 남자가 낮은 목소리로 으름장을 놓았다.

"움직이지 마. 이쪽에는 인질이 있어."

"인질?"

"다 알아. 너희, 구 의회 의원의 딸과 보디가드지?"

클라우스가 고개를 작게 갸웃했다.

"의원의 딸? 사람 잘못 봤어."

"하! 그렇게 말할 줄 알았지. 하지만 이미 다 조사했어."

에워싼 남자들이 실실 웃었다.

"의원의 딸이 설마 구민을 죽게 내버려 두고서 도망치진 않겠지? 시치미 떼도 소용없어. 너희의 정보는 전부 파악하고 있으니까."

인질로 잡은 것은 어떤 『구민』인 모양이다.

이해가 안 됐다. 작은 목소리로 클라우스에게 물었다.

"어떻게 된 거야?"

"모르겠어. 오해겠지만…… 말을 들어 줄 것 같지는 않군."

확실히 남자들은 자신의 정보를 굳게 믿는 듯했지만—.

에르나는 클라우스에게 가까이 몸을 붙였다.

"……선생님, 해치울 수 있어?"

"……."

"선생님?"

클라우스는 숨을 내쉬었다.

"무리야."

"뭐?"

"인질이 있는 건 사실인 것 같아. 요구에 따를 수밖에 없어."

클라우스의 목소리는 싸늘했다.

눈앞이 캄캄해졌다.

예상을 벗어났다. 너무 뜬금없는 불행이었다.

자신은 대처할 수 없고, 클라우스도 저항하지 않고서 양손을 들고 있었다.

"쇠사슬로 묶어."

문신한 남자가 침을 튀겼다.

"온몸을 묶고 잠근 다음, 열쇠 구멍을 납으로 때워 버려. 코끼리도 못 도망치겠지."

클라우스가 희미하게 한숨을 쉬는 것을 에르나는 놓치지 않았다.

남자들이 꺼낸 쇠사슬은 지름이 거의 1cm는 될 만큼 두꺼웠다. 잡아 뜯는 것은 불가능했다. 그 쇠사슬을 자물쇠로 고정하고 납으로 때우면 잠금을 풀 수도 없다.

우연이겠지만 이 남자들은 클라우스에게 완벽히 대처하고 있었다.

불행—.

에르나는 그저 하늘을 보며 한탄했다.

에르나와 클라우스는 짐을 전부 빼앗기고 차에 태워졌다. 두 시간 이동하여 시외에 있는 오두막에 도착했다. 이곳이 아지트인 듯했다. 소리 질러 봤자 아무도 듣지 못할 것이다.

믿을 구석인 클라우스도 그저 상황을 지켜보며 조금도 저항하지 않았다.

"보스가 올 때까지 여기서 대기해."

오두막 창고에 밀어 넣고 밖에서 문을 잠갔다.

두 사람이 겨우 앉을 만한 좁은 공간이었다. 습했다. 창문도 없어서 어두웠다.

옆에서 클라우스가 몸을 꼼지락거렸다.

움직이면 쏴 죽이겠다고 감시인이 소리쳤다.

창고에는 작은 창이 달려 있었다. 그리로 한 남자가 가만히 노려보고 있었다.

"자물쇠를 푸는 것도 무리인가."

클라우스가 중얼거렸다.

"몸을 움직일 수 없고, 나갈 수 있는 창문도 없고, 소총을 든 감시인도 있어. 혁명가인 척하는 공산주의자겠지만 솜씨가 너무 좋아. 뭐 하는 놈들이지?"

일단 자물쇠를 풀어 보려고 시도했던 모양이다. 하지만 실패한 듯했다.

"다른 멤버는 어쨌어? 피폐하게 만든 다음 나를 습격할 예정이었다며?"

에르나는 작게 고개를 가로저었다.

"통신기는 압수당했어. 장소를 알릴 수 없어."

"그런가. 귀찮게 됐어."

"선생님, 미안해."

입에서 나온 것은 사죄였다.

"전부 에르나 탓이야……. 유도한 에르나 탓……."

"틀렸어. 나쁜 건 저 남자들이야."

"에르나는 항상 다른 사람을 불행하게 만들었어……. 누군가를 끌어들이고, 상처 입히고……. 그래서 언젠가는 많은 사람을 구하고 싶은데…… 결국 누구와도 협력할 수 없어서."

"……."

"역시 에르나는 외톨이로 있어야 해……."

자신이 클라우스를 불행에 끌어들이고 말았다.

경박한 불안으로 그를 시험하고 말았다.

에르나는 입술을 깨물었다.

어떤 벌이라도 받을 테니 클라우스의 목숨만은 살려 줬으면 좋겠다.

"……."

클라우스는 아무 말이 없었다.

표정이 거의 없는 옆모습을 봐도 무슨 생각을 하는지 알 수 없었다.

"너는 너무 자학적이야. 빨리 상황을 타파해야겠어."

"……타개책이 있어?"

"글쎄. 이 녀석들의 정체를 알 수 없으니."

클라우스는 크게 숨을 들이쉬었다.

"마스터키라도 쓰지, 뭐."

이 정도는 위기도 아니라며 가볍게 중얼거리고서 클라우스는 행동을 개시했다.

얼마간 대기하자 창고 문이 열렸다.

오두막 본관에 가게 되었다. 널찍한 방에 인상 나쁜 남자 열 명이 늘어서 있었다. 중앙에는 부하를 거느리고서 의자에 푹 앉은 남자가 있었다. 그룹의 보스이리라.

"안녕, 오랜만이야. 아가씨?"

그 남자의 얼굴을 에르나는 본 적이 있었다.

"어제 봤던……."

에르나를 뒷골목으로 데려갔던 남자였다. 온몸에 붕대를 감고 있었다. 중상을 입은 것 같지만 목숨은 건진 듯했다.

불행—.

단순한 조무래기 악당이라고 얕봤는데 설마 열 명이나 거느린 그룹의 보스였을 줄이야.

"들었어. 의원의 딸이라며? 원래는 자동차로 들이받아서 죽일 생각이었지만, 죽이는 것보다 유괴하는 편이 좋다는 정보를 들어서 말이야. 계획을 바꿨지."

"그 폭주했던 차가—."

"건방진 애새끼를 죽이라고 내가 지시했던 거였어. 안심하라고. 그 후에 솔깃한 정보를 입수해서 죽이지 않고 납치하기로 했으니까. 몸값으로 또 혁명 자금이 풍족해지겠어."

남자는 상처가 아픈지 얼굴을 찡그리며 일어났다. 죽일 생각은 없다고 했지만, 그 눈에서는 에르나에 대한 복수의 불길이 확실하게 타오르고 있었다.

무릎에서 힘이 빠졌다.

남자가 에르나에게 다가와 손을 뻗었을 때, 클라우스가 말했다.

"그 아이에게 손대지 마."

전신이 쇠사슬로 묶였는데도 클라우스의 태도는 변함없었다. 태연자약. 겁먹지 않고 당당했다.

"그만둬. 지금 당장 풀어 준다면 그냥 넘어가겠어."

시시하다는 듯 한숨을 쉬었다.

"경찰의 정보망에도 걸리지 않는 약소 단체잖아? 상대할 가치도 없어."

그 태도는 남자의 격정을 부추길 뿐이었다.

"꼴값 떨지 마!"

남자는 고함치더니 클라우스의 얼굴을 후려갈겼다.

클라우스는 신음하며 바닥에 쓰러졌다. 에르나의 눈에는 고개를 돌려서 충격을 완화한 것처럼 보였지만 진위는 불명이었다.

"네 정보도 다 입수했어. 뛰어난 보디가드라며? 하지만 쇠사슬로 묶고 열쇠 구멍도 막으면 단순한 인형이지."

남자는 클라우스를 걷어찼다.

"불쌍하게도. 하지만 어쩔 수 없어. 너는 이 아가씨의 보디가드로서 유복한 생활을 보내고 있잖아! 부르주아의 개로서 말이야!"

말을 마침과 동시에 남자는 클라우스의 얼굴을 차올렸다.

클라우스의 입에서 고통스러워하는 신음이 새어 나왔다.

어쩌면 연기가 아닐지도 모른다.

계속해서 클라우스를 밟았다. 그럴 때마다 클라우스는 이를 악물었다.

"얌전히 있어. 짖어 대면 정말로 죽일 거야."

남자는 지쳤는지 어깨를 들썩였다. 마지막으로 한 번 더 클라우스를 걷어차고서 에르나에게 몸을 돌렸다.

이번에는 자신 차례인 걸까.

에르나의 눈가에 눈물이 맺혔다.

하지만 남자가 에르나에게 다가왔을 때, 다시 힘 있는 목소리가 방에 울렸다.

"—다시 한번 경고한다."

클라우스가 괴로운 듯 일어났다.

"네가, 너 따위가— 그 아이에게 손대지 마."

남자는 클라우스에게 시선을 보냈다.

"너 이 새끼, 상황이 이해 안 돼?"

목소리에 진심으로 짜증이 섞였다.

"예정 변경이다. 교섭 재료로 써야 하니까 죽이지 않는 편이 좋다고 했지만, 관둘래."

"……그 어중간하게 틀린 정보를 어디서 얻었지?"

"네놈과는 상관없어!"

고함치며 남자는 품에서 권총을 꺼냈다.

주위에 있던 부하들도 「보스!」 하고 부르면서 행동을 말렸다.

하지만 남자는 멈추지 않았다. 총구를 클라우스에게 겨눴다.

이런 상황에서도 클라우스의 표정은 그대로였다.

"정보원은…… 소녀인가?"

"……윽."

일순 남자의 얼굴에 동요가 떠오르더니 죽이겠다면서 방아쇠에 손가락을 걸었다.

"선생님!"

에르나가 외쳤다.

다음 순간, 방에 총성이 울렸다.

클라우스의 몸이 살짝 튀었다.

주위 남자들이 몸을 뒤로 뺐다.

"—극상이야."

온몸에 칭칭 감긴 쇠사슬로 총탄을 튕기고서.

클라우스는 구속된 상태로 일어났다.

범죄 그룹의 남자들은 입을 벌린 채 굳어 있었다. 누구도 클라우스의 기술을 눈치채지 못했을 것이다.

"나는 지금 감동했어. 이렇게 가슴이 설레는 게 몇 년 만이지."

말과는 달리 클라우스는 무표정으로 이야기했다.

"우연이라고 하기에는 너무 적절했어. 사람을 착각했지만 나에 대한 대책은 완벽하다니."

그룹의 보스는 눈앞의 현실을 없애고 싶은지 이어서 두세 발 발포했다.

클라우스는 모든 총탄을 쇠사슬로 튕겼다.

이윽고 총알이 다 떨어질 즈음, 클라우스가 재차 말했다.

"맞춰 볼까? 소녀를 차로 들이받아 죽이는 데 실패한 너는, 그래, 은발 소녀와 만났어. 은발 소녀는 소문으로 들었다는 것처럼 우리의 정보를 말했겠지. 그걸 믿고서 유괴를 계획했어. 인질로는 우연히 만난 흑발 소녀를 고르지 않았나? 우리가 어디 갔는지는 백발 소녀에게 들었고. 정답이지?"

"어떻게 그걸……."

정곡인 모양이다. 보스의 눈이 크게 뜨였다.

클라우스는 한숨을 쉬었다.

"역시 그랬군. 제법이야. 불과 열흘 만에 내 예상을 아득히 웃도는 성장이야."

목소리가 작아졌다.

에르나에게만 들리는 볼륨으로 속삭였다.

"이것 참. 이렇게까지 하나? 수업 하나에— **오직 나를 붙잡기 위해 범죄 그룹을 통째로 구워삶다니.** 눈치챌 수 있을 리가 없지. 이 남자들은 진심으로 인질을 잡고, 진심으로 우리를 협박하고 있어. 훌륭한 수법이야."

클라우스는 말했다.

"그 아이들에게는 무한한 재능이 잠들어 있어. 역시 선정은 틀리지 않았어."

더는 참을 수 없는지 보스가 격앙했다.

"뭐라고 중얼거리는 거야! 이번에야말로 죽이겠어!"

권총으로 죽이기를 포기했는지 단검을 꺼내 클라우스에게 향했다.

"알고 싶을 뿐이야."

그 광경을 클라우스는 지루하다는 듯 보고서 내뱉었다.

"—이 놀이에 언제까지 장단을 맞춰 주면 되지?"

그 말이 신호였다.

오두막의 창문이 일제히 깨졌다.

범죄 그룹의 남자들이 동요하여 술렁거렸다.

창문을 깨부수고서 뛰어든 것은 『등불』의 소녀들이었다.

청은발 소녀가 불손하게 웃으며 남자들의 턱을 순식간에 주먹으로 쳤다. 그 뒤를 따르듯 릴리가 독액이 발린 바늘을 남자들에게 찔러서 차례차례 재웠다.

빨간 머리 소녀가 전투하는 사람들 사이를 누비듯 달려 에르나와 클라우스 곁으로 왔다.

"미안해요, 에르나 양……."

정숙한 목소리.

빨간 머리 소녀가 거대한 가위를 꺼내 **에르나의 쇠사슬만** 절단했다.

"에르나 양이 상상 이상의 행운을 가져와서 첫 번째 사고 후에 급히 계획을 변경했어요……."

그 말에 이어 릴리와 청은발 소녀가 입을 열었다.

"아, 저는 말렸어요. 에르나만 따돌리다니!"

"자기 혼자만 이미지 챙기네."

클라우스는 어이없어하며 눈을 내리떴다.

"얼른 싸우고 와. 2분 내로 제압해."

그 말에 기합이 들어간 소녀들이 방을 내달렸다.

청은발 소녀가 압도적인 속도로 차례차례 상대를 때려눕혔고, 다운된 남자를 릴리가 독으로 재워 나갔다. 밖에도 소녀가 대기하고 있는지 발포음과 남자의 비명이 들렸다. 하지만 그것도 순식간에 멎었다.

에르나는 동료들의 활약을 그저 바라보고 있었다.

"참 만만치 않은 멤버를 모으고 말았어."

옆에서 클라우스가 어깨를 으쓱였다.

"에르나, 너는 주위와 협력해야 해."

"어?"

"『등불』도 나도 똑같아. 네가 끌어들이는 불행 정도로는 안 죽어."

지정했던 2분이 됐을 즈음에 범죄 그룹은 전원 잠든 채 구속되어 있었다.

회분홍 머리 소녀가 순진한 목소리로 「지하에 위법 약물이 있었어요~!」라고 말하면서 커다란 자루를 들었다. 이로써 경찰에 범죄 그룹을 넘기면 전원 체포된다.

남은 문제는—.

쇠사슬에 온몸이 묶인 클라우스를 소녀들이 에워쌌다.

그 중심에서 릴리가 가슴을 쭉 폈다.

"자, 선생님! 이번에야말로 승리입니다!"

"이런 수법을 쓸 줄이야. 나는 하마터면 죽을 뻔했어."

"권총 정도로는 안 죽잖아요?"

이것이 계획의 전모이리라.

아마도 에르나가 차에 치여 죽을 뻔했을 때, 범죄 그룹이 에르나의 목숨을 노린다는 사실을 알아차렸다. 소녀들은 당초 계획을 변경했다. 그들이 클라우스를 구속하게 만든 후, 범죄 그룹을 괴멸시키는 계획으로.

윤리적으로 아슬아슬한 기책이지만 열매를 맺었다.

타깃인 클라우스는 두꺼운 쇠사슬에 묶여 움직이지 못하고 있었다.

"자, 선생님. 앞으로 5분 내로 경찰이 여기에 올 거예요."

"벌써 신고했나. 일 처리가 빠르군."

"푸풋, 이대로 있다가는 선생님도 연행이에요. 스파이가 자국 경찰에게 사정 청취를 받다니 꼴사나워요. 뭐, 항복 선언을 한 다음

에 제 발을 핥으며 『릴리 님』이라고 떠받들—."
"자, 그럼."
뚜둑, 비스킷이 부서지는 듯한 소리가 났다.
소녀들 전원이 「응?」 하는 소리를 냈다.
클라우스가 가볍게 몸을 흔들자 쇠사슬이 바닥에 떨어졌다.
클라우스는 간단하게 자유의 몸이 되었다.
릴리가 끊어진 쇠사슬을 슬쩍 집어 들었다. 1cm 굵기의 쇠사슬이 동강 나 있었다.
"어? 이 쇠사슬…… 맹수를 묶는 쇠사슬인데……."
"다음에는 공룡용으로 준비해."
클라우스는 뼈를 뚜둑거리며 소녀들에게 시선을 보냈다.
"너희는 내 적수조차 못 돼."
이후 전개는 볼 것도 없었기에 에르나는 눈을 감았다.
소리만큼은 귀에 들어왔다.
아무래도 멤버 전원이 내던져질 때까지 20초는 저항한 듯했다.

◇◇◇

그날 밤— 아지랑이 팰리스의 대형 홀.
"그렇게까지 했는데 왜 못 이기는 거야!"
"나님도 좌절이에요! 아주 엄청난 작전이었으니 말이죠~."
"역시 우리의 보스…… 다음에는 경찰 정도는 끌어들여야……."

『등불』의 소녀들은 이제 정기 행사가 된 반성회에 몰두했다. 테이블을 때리며 옥신각신했다.

특히나 이번에는 클라우스조차 놀랄 대규모 계획이었고, 실제로 승리 직전이라는 생각이 들어서 설렜었다. 클라우스를 완전히 붙잡는 데까지 성공했다. 하지만 그 확신이 허망하게 무너졌다. 의논도 열기를 띠었다.

"근본적으로 다시 생각해야 해."

흑발 소녀가 고아한 목소리로 논했다.

"타깃을 포박하는 건 불가능해. 습격은 의미가 없어. 약점이나 비밀을 잡아서 협박해야 해."

"그건 무리라고 결론이 났잖아?"

청은발 소녀가 불손하게 코웃음 쳤다.

"너의 미인계도 안 통했고."

"큭! 그건 뭔가 잘못됐던 거야! 내 매력에 굴복하지 않는 남자 따위—."

"또 밤새 체스라도 두게?"

"비상식적이라고! 잠이 안 온 다면서 방에 온 소녀에게 체스를 권하고, 빨리 즐거운 일을 하자며 유혹했더니 체스판을 꺼내고, 어리광 부려도 되냐고 속삭였더니 체스에 우대 조건을 주는 이 남자는 대체 뭐야!"

"체스를 좋아하는 사람이겠지."

"그럼 계책이라도 있어? 타깃은 숫자 자물쇠도 열고 맹수용 사슬조차 끊어 버리잖아. 어떻게 포박하—."

"네네~ 싸우면 안 돼요!"

재차 의논이 백열화하자 릴리가 다시 짝짝 손뼉을 쳤다. 그리고서 격론하는 소녀들의 입에 과자를 밀어 넣었다.

"지금 중요한 건 팀워크. 동료와의 유대. 자, 특제 피낭시에예요."

"맛있다……."

"진짜 맛있어……."

"훗, 또 리더의 일을 완수하고 말았네요."

백열화하는 의논을 가라앉히고서 릴리는 거들먹거리며 한숨을 쉬었다.

그 옆에서 빨간 머리 소녀가 정숙한 목소리로 말했다.

"하지만…… 현재로서는 그분에게 승리하려면 포박이 최선이에요……."

"그건 그렇지만."

"애가 타네요……. 남성 한 명 붙잡지 못하면서 불가능 임무를 달성하지는 못할 테니까요……."

현실을 똑바로 바라본 냉정한 발언에 대형 홀의 분위기가 무거워지고 말았다.

모두가 말을 잇지 못했다. 유일하게 릴리만이 긍정적인 발언을 했지만 그녀의 근거 없는 격려에도 분위기는 바뀌지 않았다.

그런 가운데—.

"저, 저기."

얼굴을 새빨갛게 물들이고서 에르나가 손을 들었다.

"쇠, 쇠사슬이 끊긴 데는 이유가 있어!"

음량 조절을 명백하게 실패한 목소리였다.

에르나는 입술을 달싹인 후, 한층 얼굴을 붉히며 말을 자아냈다.

"……부, 붙잡혔을 때, 선생님은 입에 숨겼던 보석을 토해서 감시인을 매수했어. 그리고 총으로 사슬에 흠집을 내게 했어."

"아, 그러고 보니 욕실에서도 동면을 준비하는 다람쥐라는 말을 했었지……."

클라우스의 설명을 해설하면 다음과 같지 않을까.

체내에 무기나 보석을 숨기는 스파이도 많다—.

그는 보석과 화술로 감시인을 매수했다. 게다가 상대편 보스를 도발하여 총을 쏘게 해서 사슬에 흠집을 추가했다. 튼튼한 사슬이어도 총탄을 여러 번 맞으면 파괴할 수 있다.

물론 클라우스는 한번 건넸던 보석을 떠날 때 회수하는 것도 잊지 않았다.

"보석이나 재화. 즉, 매수. 온갖 잠금을 풀 수 있는 마스터키야."

"마스터키……."

청은발 소녀가 중얼거렸다.

"아마 숫자 자물쇠를 연 방법도 똑같을 거야. 우리 중 누군가를 매수해서 비밀번호를 사전에 알아낸 거야."

"이, 이 안에 스파이가 있는 건가요~?!"

에르나의 말에 릴리가 큰 소리로 말했다. 흠칫거리며 『등불』 멤버들에게 의심스럽다는 시선을 보냈다.

백발 소녀가 늠름하게 「전원 스파이잖아」라고 지적했다.

그 후 소녀들은 입을 다물었다.

무엇보다도 먼저 검토해야 할 사항이 있었다.

"그러고 보니."

흑발 소녀가 말했다.

"자물쇠 이야기로 다투면 반드시 중재하는 사람이 있었지."

"응! 동료만큼은 믿으라며 동료 간의 유대를 유난히 강조하는 사람도 있었어요~!"

회분홍 머리 소녀의 순진한 목소리가 뒤를 이었다.

청은발 소녀가 전부 납득했다는 듯 불손하게 웃었다.

"저기, 릴리. 그나저나 질문이 있는데……."

"예?"

"그 피낭시에, 어디서 났어?"

릴리가 경직되었다.

땀을 삐질삐질 흘리며 잠긴 목소리로 「지금 중요한 건 동료 간의 유대예요……」 하고 중얼거렸다.

""""""""""…………."""""""""""

물론 소녀들은 그런 헛소리에 귀를 기울이지 않았다.

릴리는 뒷걸음질 쳤다. 멤버들에게서 거리를 벌렸지만 벽에 등이 닿자 입술을 달싹거렸다.

"저, 저는, 그저, 그거예요. 선생님이 강하게 제안해서. 저한테는

『거짓말하는 훈련』을, 다른 사람들한테는 『한 식구를 의심하는 훈련』을 시키고 싶다고. 이야~ 감명받았어요! 협력자가 배반하는 상황은 실전에서도 일어날 수 있으니까요! 역시 선생님! 그 제안을 받아들인 저도 대단해요! 때로는 미움받는 역할도 받아들이는 자기희생 리더! 겨, 결코 무진장 맛있는 과자에 낚인 게 아니랍니다?"

"……."

"그리고 가르쳐 준 건 자물쇠의 비밀번호뿐이에요. 욕실 습격은 자물쇠와 관계없이 실패했어요! 화낼 만한 배신은 하지 않았죠!"

"……."

"에르나의 말을 인용할게요. 『믿으면 지는 거야. 그게 스파이야』예요! 에헴!"

아, 이 녀석 못쓰겠네.

소녀들은 눈짓을 주고받아 기분을 공유했다.

자, 그럼 배신자에게 어떤 제재를 가할까—.

"제안이 있는데."

청은발 소녀가 대표로 발언했다.

"릴리에게는 이용 가치가 있어. 타깃은 아직 릴리를 협력자라고 믿고 있잖아? 그럼 허를 찌를 수 있을 거야."

"마, 맞아요! 이중 스파이! 그야말로 스파이 훈련이라는 느낌이라—."

"지금 당장 실행할까?"

릴리의 표정이 얼어붙었다.

"어, 으음, 아마도 선생님한테 된통 당하고 끝날 텐데요……."

"힘내."

"저기~ 좀 더 효과적으로 이용하죠. 이제 배신하지 않을 테니까요. 네?"

"빨리 가자?"

"……네."

릴리가 어깨를 축 떨구고서 대형 홀을 떠났다.

잠시 후, 천장에서 소리가 들려왔다.

"선생님! 솔깃한 정보를 훔쳐왔어요~! 이 계획서를 봐 주세요. 자, 좀 더 가까이…… 하하! 빈틈 발견! 각오하구억! 소녀의 코에 물감이~!"

배신자에게 심판이 내린 듯했다.

소녀들은 만족스럽게 고개를 끄덕였다.

"에르나!"

회분홍 머리 소녀가 순진한 눈으로 폴짝 뛰고 에르나 곁으로 달려왔다. 그리고서 유쾌하게 에르나의 손을 잡고 얼굴을 쑥 들이밀었다.

순진무구하게 웃는 얼굴을 보고 에르나가 주춤했다.

"뭐, 뭐야……?"

"대단하다!"

그 말에 에르나는 일순 멍해졌다.

시선을 들자 다른 멤버들도 에르나를 향해 따뜻하게 웃고 있었다.

에르나는 눈물이 나려는 것을 꾹 참고서 「……당연하지」 하고 허세를 부렸다.

◇◇◇

시간을 두고 에르나는 클라우스의 방을 찾았다.

바닥에는 끈으로 묶인 릴리가 방치되어 있었다. 확실하게 반격당한 모양이다.

"에르나."

캔버스와 마주한 클라우스가 입을 열었다.

"거기 있는 송사리를 끌어내 주지 않을래? 내가 건드리면 시끄러워서."

그 말을 따라 에르나는 릴리를 굴렸다.

릴리가 필사적인 형상으로 아우성치기 시작했다.

"선생님! 제발요! 뭐든 할게요! 선생님의 피낭시에를 안 먹으면 미쳐 버릴 것 같아서—."

"또 배신했어!"

"빨리 쫓아내."

클라우스가 손을 휘휘 저었다.

동감이었기에 에르나는 방 밖으로 릴리를 옮겼다.

"그 과자, 중독 성분이 있는 거야?"

"있을 리가 없잖아."

클라우스가 접시를 내밀었다.

보석처럼 버터가 반짝이는 피낭시에가 늘어서 있었다.

"너도 맛볼래? 다음 『마스터키』가 필요하던 참이야."

"필요 없어."

"갓 구운 건데?"

에르나의 코앞으로 접시를 들이댔다. 향긋한 설탕 냄새에 무심코 하나 먹었다. 사르르 부서지는 단맛이 입안 가득 퍼졌다.

"에르나, 동료 배신할게."

"농담이야."

클라우스는 다른 동료들에게도 나눠 주라며 접시를 에르나에게 넘겼다.

"너무 휘저어도 훈련이 안 돼."

클라우스는 왠지 기계처럼 차갑게 느껴지는데 의외로 취미가 다양한 듯했다. 체스, 요리, 수채화까지. 만능 천재인가.

에르나는 클라우스에게 다가가 그가 몰두해 있는 유화를 보았다. 빨간 물감으로 휘갈긴 그림은 진척이 없는 것처럼 보였다.

캔버스 우측 하단에 『가족』이라는 글자가 있었다.

"선생님의 그림, 완성 안 되는 거야……?"

"흠…… 모처럼 새 물감을 샀는데 붓이 가질 않아."

클라우스의 눈동자에는 애수가 깃들어 있었다.

알게 된 지 얼마 안 된 사람이지만, 종일 습격하고 반격당하다 보니 어떤 기분인지 조금씩 파악이 됐다.

"전에 아지랑이 팰리스에 살았던 사람이 선생님의 가족……?"

클라우스가 숨을 멈췄다.

그치고는 보기 드물게 경악한 반응이었다.

"설마 이렇게 빨리 도착할 줄이야."

"힌트는 많이 있었어."

"어디까지 추리했지?"

클라우스는 다리를 꼬고 시선을 마주쳤다.

에르나는 하나하나 구분해서 설명했다.

"아지랑이 팰리스에는 사람이 살았어. 선생님은 분명 그 스파이 팀의 일원이었겠지. 현재 이곳에 없는 걸 보면 이미 해산했거나 혹은 괴멸했어. 아마도 『등불』이 도전하는 불가능 임무는—."

"그렇군, 그만 말해도 돼."

에르나의 말을 차단하고서 클라우스는 고개를 끄덕였다.

"너의 예상은 대체로 정답이야. 하지만 아직 이야기할 수 있는 단계는 아니야."

"응……?"

"걱정하지 마. 20일 후에는 밝힐 거야. 너희들이라면 문제없이 도착할 수 있을 거다."

왜 20일 후일까. 의문스럽게 여기고 있으니 클라우스가 힘 있게 말했다.

"그리고 도전하는 거지. 기다리고 기다리던 불가능 임무다."

3장 정보 수집

아지랑이 팰리스에 소녀의 비명이 울렸다.

이날 습격에는 부비트랩이 이용됐다.

소녀들은 아지랑이 팰리스에 함정을 쫙 깔았다. 타깃이 어떤 함정에서 도망치면 두 번째 함정이 작동하고, 그걸 피하면 세 번째 함정이 작동한다. 끝장낼 때까지 끝나지 않는 무한 와이어 지옥—이었지만, 클라우스는 함정을 피할 뿐만 아니라 재이용했다. 최종적으로 클라우스와 소녀 간의 함정 싸움이 됐고 결국 클라우스가 압승했다.

소녀들은 서로가 설치한 함정을 파악할 수 있도록 몰래 암호를 남겨 뒀는데 그 암호가 전부 뒤바뀌어 있었다.

그 결과 『등불』의 소녀 전원이 와어이에 전신이 묶여 대형 홀에 나란히 놓였다.

"아아아아아아, 전혀 안 통해!"

참담한 꼴에 흑발 소녀가 히스테리를 부렸다. 처음 저택에 찾아왔을 때는 고아하고 어른스러웠는데 최근에는 피로가 짙게 배어났다.

"으으, 내가 이렇게까지 형편없을 줄은 몰랐어……. 1mm도 성장하지 않았어!"

"—그렇지는 않아."

클라우스는 고개를 가로저었다.

평소 같았으면 궁리가 부족하다며 마음에 대미지를 준 후 『놀잇거리도 안 되는군』이라며 마무리 일격을 가했을 텐데 이날은 달랐다.

클라우스가 팔짱을 끼고 감탄한 듯 눈을 감았다.

"다들 강해졌어. 곧 넷째 주가 되는데, 첫날보다 현격히 성장했어. 내가 너무 강해서 알기 어려울 뿐이야."

"……정말로?"

"그래."

클라우스가 깊이 고개를 끄덕였다.

"적어도 내가 신뢰할 수 있을 정도로는 강해졌어."

그 말에 소녀들은 얼굴을 마주 보았다.

매일매일 습격하고 클라우스에게 『극상』이라는 평가를 받고 있지만, 솔직히 바보 취급하고 있다는 생각밖에 안 들었다. 본인은 절찬할 요량으로 하는 말인 것 같지만 듣는 입장에서는 비아냥으로만 여겨지는 단어였다.

—처음으로 확실하게 칭찬받았을지도 모른다.

시선을 맞추며 그런 성취감을 음미했다.

"슬슬 얘기할 단계군."

클라우스가 의자에 앉았다.

"『등불』의 설립 이유, 그리고 불가능 임무의 자세한 내용에 관해."

"흥미로운 정보지만……."

릴리가 설명을 막았다.

"일단 저희를 묶은 와이어를 풀어 주시면 안 될까요?"

"우리가 훔칠 건 생물 병기 샘플이다."

안 듣고 있네.

양손 양발이 구속된 상태로 가장 중요한 이야기를 듣게 될 줄은 몰랐다.

소녀들은 아스트랄한 상황을 받아들이고서 귀를 기울였다.

생물 병기를 훔칠 거라고 클라우스는 말했지만—.

백발 소녀가 늠름하게 끼어들었다.

"어라? 생물 병기는 국제 조약으로 사용이 금지되지 않았나?"

"하지만 개발은 금지되지 않았다고 저 좋을 대로 해석한 군의 바보들이 멋대로 연구를 추진했어. 그걸 갈가드 제국의 스파이에게 뺏겼고. 과학자가 예상하길, 저쪽에서 병기의 성분을 모두 조사할 때까지 1년이 걸린다고 했지만 낙관할 수는 없어. 한시라도 빨리 병기 샘플을 회수하고 최악의 경우 파괴해야 해."

아아, 소녀들은 납득했다.

군대와 정보기관의 불협화음은 스파이 바닥에서 상식이었다. 군의 간부는 침략받았던 오명을 씻고자 헛짓거리를 하고 있다고 들었다. 그 결과, 새로운 생물 병기를 발명한 것인가.

아무리 정보기관이 우수해도 나라 전체를 파악할 수는 없다.

그 빈틈을 제국이 노렸다.

"차, 참고로."

갈색 머리 소녀가 소심한 목소리를 냈다.

"도둑맞은 생물 병기는 어떤 물건임까?"

"실험실 사진을 보겠나?"

클라우스가 품에서 사진을 꺼냈다.

그 사진을 보고 소녀들은 한 명도 남김없이 비명을 질렀다.

표현할 수 없을 만큼 처참한 시신이 있었다.

묶여서 도망칠 수 없는 상황에 이 사진을 보여 주는 건 고문에 가까웠다.

"이름은『나락 인형』. 말하자면 살인 바이러스야. 잠복 기간이 일주일로 길고, 그사이에 비말 감염하며, 증상이 발현하면 12시간 만에 죽어. 악의로 똘똘 뭉친 병기지. 그런 게 제국의 손에 넘어가 봐. 암살하기 위해서라면 무관계한 시민들까지 죽이는 녀석들이야. 스파이가 파괴 공작에 이용하면 몇십만, 몇백만의 사망자가 나오겠지. 군사적으로 이용하면 세계가 끝장나."

클라우스는 도발적인 어투로 말했다.

"우리의 두 어깨를 누르는 중압이 실감되지?"

사망자가 몇백만 명—.

이것도 적게 잡은 숫자일지 모른다.

제국은 앞선 전쟁에서 대량의 민간인을 학살한 국가다. 수단을 가리지 않는다. 만약 저쪽에서 이 병기를 사용한다면 딘 공화국도 이 병기를 사용할 것이다. 그렇게 되면 서로서로 살인 바이러스를 살포하는 지옥도가 펼쳐진다. 그 피해는 상상도 가지 않았다.

소녀들은 침을 삼켰다.

자신들이 도전하는 임무의 의의가 현실미를 띠기 시작했다.

"과거 이 임무에 도전한 팀이 있어. 『화염』이라는 팀이야."
"화염……."
그 단어를 듣고 흑발 소녀가 반응했다.
"아는 팀이야!"
"호오. 설마 정보가 새어 나갔을 줄이야. 의외로 『화염』도 미숙하군."
"미숙할 리가! 딘 공화국 최강의 스파이팀이잖아!"
그녀는 평소의 고아한 어조보다 더 빠르게 말했다.
『화염』은 자국 스파이팀의 정점. 전쟁 전부터 나라를 지켰던 공로자. 전쟁 중에는 제국군의 정보를 훔쳐 수십만 명의 민간인을 피난시켰다. 애초에 전쟁이 종결한 것도 『화염』이 가짜 정보를 넘겨서 제국 육군 간부가 패배를 결심하도록 만들었기 때문이었다.
연이 있는지 그녀는 굉장히 자세히 알았다.
"나는 『화염』에 들어가고 싶어서 스파이가 되기로 한 거야!"
마지막으로 그렇게 공언하며 그녀의 연설이 끝났다.
열변하는 그녀에 대한 클라우스의 반응은 지극히 쿨했다.
"안타깝게도."
그는 냉담히 고했다.
"『화염』은 전멸했어."
"뭐?"
"『나락 인형』을 되찾는 임무 중에 전원 죽었어."
흑발 소녀가 입술을 달싹였다.
"거짓말이지……?"

"더 정확히 말하자면 한 명 살아남았지. **다른 임무로 이탈해 있던 나만이.**"

나는 『화염』의 일원이었어. 클라우스가 덧붙였다.

그때 처음으로 소녀들은 클라우스의 정체를 알았다.

—자국 최강 스파이팀의 일원.

그다지 놀랍지는 않았다. 그의 실력이라면 타당했다.

"설명은 끝이다. 나라가 걸린 책임을 짊어지고서 『화염』이 완수하지 못했던 임무를 소화한다. 그게 이 임무의 전모다."

더 설명할 것이 없다는 듯 클라우스는 입을 다물었다.

소녀들은 목소리를 내지 못했다. 낙관하지는 않았지만, 확실하게 현실을 마주하자 몸이 얼어붙는 듯한 착각이 들었다.

일류 스파이가 실패한 임무를 낙오자인 자신들이 도전해야 했다.

척수 반사처럼 무섭다고 소리치고 싶어졌다.

사망률 90%— 그 현실이 무겁게 짓눌렀다.

하지만 도망칠 수는 없었다. 무참한 변사체가 뇌리에 새겨져 있었다. 만약 자신들이 움직이지 않는다면 셀 수 없이 많은 국민이 희생된다—.

"도망치고 싶으면 도망쳐도 돼."

소녀들의 불안이 터질 듯 커졌을 때, 클라우스가 말했다.

생각지 못한 제안에 소녀들은 눈을 크게 떴다.

"상관없어. 내 복수는 물론이고 국민이 몇백만 명 죽든 간에, 그것이 너희가 목숨을 걸 이유가 되지는 않아. 나라의 사정이고 내

사정이야. 물론 너희를 선발한 것에는『이유』가 있어. 같이 와 줬으면 해. 하지만 오지 않아도 돼. 나라를 위해 잔혹한 임무를 강제할 수는 없어."

클라우스가 소녀들을 둘러보았다.

"하루 휴가를 주마. 너희들 스스로 갈지 말지 결정해."

클라우스가 팔을 휘두르자 소녀들을 구속하던 와이어가 날아갔다. 이야기는 끝났다는 것처럼 등을 돌리고 자기 방으로 향했다.

소녀들은 사태를 이해하느라 벅찼다. 하나하나 머릿속으로 정리해야 해서 눈을 깜박이며 그 자리에서 움직이지 못했다.

그런 가운데, 가장 먼저 한 소녀가 말했다.

"저는 가겠어요."

릴리였다.

클라우스가 발을 멈추고 돌아보았다.

"의외인데. 설마 네가 제일 먼저 가겠다고 할 줄이야."

"뭐, 고민해도 바뀌지 않을 것 같아서요."

쑥스러워하며 목덜미를 문질렀다.

"다른 사람들은 어떻게 할래요?"

소녀들은 서로 얼굴을 마주 보고서 씩 웃었다. 반대 의견은 나오지 않았다.

기다려 달라고 누구도 발언하지 않았다.

"일곱 명 전원, 실행하겠다는 거지?"

클라우스가 다시금 말을 던졌다.

소녀들은 고개를 끄덕이고서 클라우스에게 강한 시선으로 대답했다.

"극상이야— 다 같이 살아서 돌아오자."

클라우스는 작게 고개를 끄덕였다.

◇◇◇

클라우스는 자기 방의 캔버스 앞에 앉아 있었다.

"……."

일과였다.

업무와 자율 트레이닝, 소녀들을 상대하는 것 외에는 모든 시간을 유채화에 할당하고 있지만 진척은 전혀 없었다. 그리려고 붓을 잡아도 어떻게 붓을 움직이면 좋을지 알 수 없었다. 정신 차리고 보면 붓끝이 바싹 말라 있었다.

슬럼프에 빠진 계기는 명백했다.

『화염』이 괴멸했다는 소식을 들은 날— 뭔가 소중한 것을 상실했다.

유화는 조금도 진행되지 않았다.

예술가 중에는 이론으로 그리는 타입과 감각으로 그리는 타입이 있는데, 말할 것도 없이 클라우스는 후자였다. 한번 차질이 생기면 거기서 빠져나오지 못했다. 심지어 다른 일들도 제대로 하지 못했다.

드물게도 초조했다.

클라우스는 그만큼 이 임무를 각별히 여겼다.

'내 가족을 앗아 간 임무…….'

그는 고아였다. 철이 들었을 무렵에는 빈민가라고 불리는 거리에서 생활하고 있었다. 고아 그룹으로부터도 소외당하여 고독하게 사라져 갔을 목숨이었다.

그런 생활을 하다가 기드와 만나고 『화염』에 들어가게 되었다.

『클라우스— 그게 너의 새로운 이름이야. 내가 스파이로 키워 주마』

눈을 감으면 기드가 했던 말이 뇌리에 울렸다.

『따뜻한 침대도, 음식도, 목욕물도 있어. 무엇보다 동료가 있어』

『다 같이 네게 온갖 기술을 주입해 주마. 조금 엄격하게 말이야』

『다들 괴짜지만 유쾌한 녀석들이야. 언젠가 가족처럼 여겨질 날이 올 거다』

기드의 말이 맞았다.

아지랑이 팰리스에서 함께 지낸 멤버야말로 클라우스에게 가족이었다.

'어떻게 해서든 나는 이 임무를—.'

두꺼운 책을 한 페이지씩 넘기듯 과거를 되돌아보며 감상에 빠졌다.

한동안 생각에 잠겨 있으니 방을 노크하는 소리가 들렸다.

대답하기 전에 릴리가 얼굴을 내밀었다.

"헤이, 선생님, 선생님, 작전 방침은 정해졌나요~?"

"그보다도."

클라우스는 캔버스에서 떨어졌다.

"정말로 괜찮겠어? 너는 처음 만났을 때 죽기 싫다고 연호했었잖

아. 조금 더 망설일 줄 알았는데."

"어? 설마했던 역질문."

릴리는 주춤하면서 의자에 앉았다.

최근 소녀들은 클라우스 앞에서 태도가 자유로웠다. 종일 단검을 들고 클라우스에게 덤비고 있으니 배려가 없어졌을 것이다.

"으음~ 뭐랄까, 잘 말할 수 없지만요."

릴리가 뺨을 긁적였다.

"……선생님, 듣고 놀라지 마세요."

"뭔데?"

"실은 저, 꽤 자기중심적인 성격이에요."

"어느 부분에 놀라면 되지?"

"그래서 저는 양성 학교에 있을 때도 『활약하고 싶다!』 『떠받들리고 싶다!』 하고 자기중심적으로 두루뭉술하게 생각만 했을 뿐 구체적인 목표가 없었고, 여기 와서도 리더라는 직함을 받고 그저 신나서 들떠 있을 뿐이었지만……."

릴리는 천장을 올려다보며 중얼거렸다.

"최근에 이런 생각이 들더라고요. 동료들을 위해서 멋진 리더가 되고 싶다."

"호오……."

의외였다.

클라우스는 필요하지 않다면 소녀들의 내면에 파고들지 않았다. 그가 모르는 곳에서 심경 변화가 있었던 모양이다.

감탄하고 있으니 릴리가 몸을 부르르 떨었다.

"음~ 30초나 진지하게 얘기했더니 몸이 근지러워졌어요."

"사람으로서 그래도 괜찮은 건가 싶군."

"아무튼 임무에 도전하겠다는 얘기예요. 새삼 그런 확인 하지 마세요. 멋없는 짓이에요."

얼버무리듯 릴리가 수줍어했다.

살짝 얼굴이 빨개져 있었다. 정말로 부끄러운 듯했다.

"……그것도 그렇군. 지금은 작전을 생각하면 되겠지."

첫 제자는 순조롭게 성장 중인 모양이다.

클라우스는 양손 검지를 세우고 말에 맞춰 순서대로 접었다.

"너희는 연구소 동쪽에서 잠입해. 나는 서쪽에서 잠입한다."

"흐흥~ 알겠습니다."

구체적인 언급을 피하고 대략적인 방침만을 전했다.

"결행일까지 정보를 모은다. 기대하겠어, **리더.**"

릴리는 그 말을 듣고 싶었던 모양이다.

천재 릴리의 실력을 보여 줄 때네요. 즐겁게 중얼거리고서 방을 뛰쳐나갔다.

◇◇◇

일주일 후, 『등불』의 멤버는 아지랑이 팰리스를 출발했다.

입국은 두 그룹으로 나뉘었다. 클라우스와 소녀 몇 명은 예술가로서 취업 비자를 취득했고, 릴리를 포함한 다른 소녀들은 부잣집 아가씨가 연극을 보러 왔다는 설정으로 관광 비자를 취득했다. 여권은 당연히 위조 여권이었다.

입국 심사장에서는 엄격하게 추궁당했다. 체재 이유와 숙박 장소를 상세히 질문받았다. 상대는 두 명. 입국 관리국의 직원이 질문하고 후방에서 군인이 눈을 빛냈다. 공작원 대책일 것이다. 수하물도 전부 확인받았다. 사전에 준비한 거짓말을 머릿속에 철저히 주입하지 않았다면 틀림없이 즉석에서 체포당했으리라.

하지만 한나절 걸려 국경을 넘은 뒤에는 맥이 빠질 정도로 편했다.

미행을 걱정할 필요도 없었고, 기차표도 간단히 살 수 있었다. 역의 매점에서는 점원이 살갑게 말을 걸어왔다.

소녀들은 클라우스의 강의를 떠올렸다.

그는 입국 후 행동에 관해 『자연스럽게 걸어 다니면 된다』라고 대략적으로 해설했다.

또한 소녀들이 지적하자 고민하며 설명했다.

『실제로 일단 입국하면 간단히 섞여들 수 있어. 요인과 접촉하기 시작한 이후부터 경계하면 돼. 그 전까지는 너무 긴장할 필요 없어.』

『왜 그렇게 간단한 거죠……?』

『스파이 세계 속에서 사는 너희는 알기 어렵겠지만, 세간에서 전쟁은 이미 끝났어. 적국을 증오하는 국민은 많아도 적국과 지금도 전쟁 중이라고 생각하지는 않아. 스파이들 간의 싸움 따위 알 리도 없지.』

『왠지 쓸쓸한 기분도 드네요.』

『아니, 그거면 돼. 그게 「그림자 전쟁」이야.』

국경을 넘은 후, 멤버는 기차를 탔다.

릴리 옆에는 일가족이 앉았다. 장례식에 다녀왔는지 다들 검은 옷을 입고 있었다. 형제로 보이는 아이들이 눈을 반짝이며 창문에 얼굴을 바짝 붙이고 있었다.

그들에게 세계는 평화로운 것이다.

자국의 스파이가 무슨 수를 쓰고 있는지 모른 채 살고 있다. 정치가를 매수하고, 갱단에 돈을 흘리고, 연구자를 협박하고, 그 과정에서 사람을 죽여 사고로 위장하고 있는 진실을.

옆에 있는 사람이 적국의 스파이라는 것도.

신기한 세계야. 릴리는 생각했다.

자신들의 삶인 스파이라는 존재는—.

조용히 생각하고 있으니 옆자리 남자아이가 청문에서 휙 몸을 떼고 릴리 곁으로 달려왔다.

“저기, 누나들은 어디 가~?”

“응? 친구랑 연극 보러 가요. 제도에서 화제인 뮤지컬이요.”

“굉장하다! 어디 묵어?”

“후후, 벌써 그런 게 궁금해요? 여자의 숙소는 물어보면 안 돼요.”

남자아이의 말을 슬쩍 받아넘기고서 릴리는 생각했다.

언젠가 정말로 친구와 여행 가면 좋겠다.

눈앞에 있는 이 아이처럼 『그림자 전쟁』 따위 잊고 즐겁게 웃으며.

목적지인 역에 도착하여 길을 잃은 척 벤치에 앉았다.

다른 소녀와 지도를 펼치고 있으니 등받이를 맞댄 벤치에 한 남성이 앉았다.

"여기서부터 따로 행동한다."

시선을 맞추지 않고 뒤에 있는 남성이 말했다.

"계획대로 움직여. 남길 말 있나?"

"다음에 만날 때 얘기할게요."

"그래."

남성은 떠나갔다.

릴리 일행도 정해 둔 숙소로 걷기 시작했다.

그것은 불가능 임무 개시를 의미했다.

◇◇◇

앤디 연구소는 갈가드 제국의 수도 근교에 세워져 있었다.

갈가드의 수도는 역시 세계 제일의 도시인지 고층 건물이 가득했다. 딘 공화국에서 가장 큰 빌딩은 국회 의사당을 겸하는 8층 건물이었다. 그걸 넘어서는 건물이 무수히 늘어서 있었다. 제국 특유의 양식인지 전부 첨탑. 하늘을 찌르는 듯한 거대한 검은 탑이 늘어선 모습은 섬뜩하기도 했고 압권이었다.

중세 시대부터 수도로 번영한 곳이었다. 바다와 산으로 둘러싸여 있어서 침략자로부터 지키기 쉬운 토지라고 했다. 첨탑은 제한적인 토지를 유효하게 활용한 문화이리라.

1,000년 넘게 폭력으로 영화를 누리고 있는 도시.

앤디 연구소는 그 침봉 같은 도시를 내려다보는 위치에 지어져 있었다.

절벽 위.

좋게 보면 눈에 띄었다.

나쁘게 보면 잠입 루트가 한정적이었다.

그곳이 『등불』이 숨어들 건물이었다.

『생물 병기 샘플은 앤디 연구소 어딘가에 있어. 달아 둔 발신기는 거기서 끊겼고 이동한 흔적은 없어.』

작전 회의는 사전에 이루어졌다.

『그곳에 숨어들어 샘플을 훔치는 것이 우리의 목적이다.』

『……보안이 허술하지는 않지?』

『표면상으로는 평범한 제약 회사의 연구소 중 하나지만 실제로는 최신 병기를 연구하는 기관이야. 보안은 허술하지 않아. 군인이 경비대를 조직하여 상주하고 있을 테지. 사전에 얼마나 정보를 모을 수 있느냐가 관건이야.』

『빈틈은 있나요……?』

『당연하지. 인간이 관리하는 이상 파고들 틈은 있어. 어떤 인간이든 식사하고, 배설하고, 빨래하고, 집에 돌아가고, 때로는 사람을 품어. 기계와는 달라.』

클라우스는 소녀들에게 고했다.

『너희는 세 조로 나뉘어 행동한다.』

『정보조— 다른 조와 연계하여 정보를 긁어모아.』

클라우스의 지시를 떠올리고 흑발 소녀는 고아하게 미소 지었다.

밤, 오픈 카페에서 대기했다.

클라우스와 싸우며 조금 소홀히 했던 피부 케어를 마쳐 아름다운 미모를 되찾고서 임무에 임하고 있었다.

멤버 중에서 가장 어른스럽고 몸매가 좋은 그녀는 자신이 남성에게 어떻게 보이는지 이해하고 있었다. 복장은 화려하지 않게 철저히 청초하게 차려입었다. 남자를 더욱 매혹하는 것은 노출이 많은 옷이 아니라 확실하게 피부를 가리면서도 몸매가 드러나는 옷이다. 허리가 꽉 조이는 원피스가 좋다.

카페의 테라스석에서 아이스커피를 맛보고 있었다. 그녀가 몸을 젖히자 옆에 있는 남자 손님이 곁눈질로 가슴을 훔쳐보았다. 안경 쓴 청년은 그 후로도 힐끔힐끔 시선을 움직였다.

흑발 소녀는 자신의 매력을 재확인하고 흡족하게 웃었다. 클라우스 때문에 잃어버릴 뻔했던 자신감을 되찾았다.

'마음 같아서는 당장 커피를 쏟아서 접촉을 꾀하고 싶지만…….'

클라우스와의 싸움이 생각났다.

사과하는 척 말을 거는 그런 강제적인 수법을 쓰면 상대가 경계한다.

똑같은 전철은 밟지 않는다.

그래서 그녀는 가만히 주의 깊게 기다렸다. 안달 내서는 안 된다. 조금이라도 동작이 흐트러지면 클라우스는 가차 없이 간파한다. 타깃을 그 남자라고 생각하자.

20분 가까이 그녀는 가만히 타이밍을 기다렸다.

'최선책은…… 음료를 **쏟는** 게 아니라 **쏟게 하는 것.**'

남자 손님이 일어난 순간, 타이밍을 봐서 유리잔을 테이블 구석으로 이동시켰다. 남자의 가방이 부딪쳤다. 유리잔이 바닥에 떨어져 요란한 소리를 내며 깨졌다. 소녀의 옷에 커피가 쏟아졌다.

"아아, 죄송합니다! 변상하겠습니다!"

남자는 생각보다 더 당황해서 깨진 유리를 모았다.

흑발 소녀는 그 남성의 손을 잡았다.

"위험해. 유리를 맨손으로 잡으면 안 되지."

손을 잡힌 남성은 얼굴이 새빨개졌다. 여성 경험이 별로 없는 모양이다.

그녀의 적수는 아니었다.

"아, 갑자기 손을 잡아서 미안."

흑발 소녀는 순진한 척 사과했다.

"그런데…… 손이 예쁘네. 장인?"

"아, 아뇨, 평범한 연구직인데요……."

"대단하다! 인텔리구나."

남자는 횡설수설하며 머리를 긁적였다. 유리잔을 깼다는 죄책감과 예쁜 소녀가 손을 잡았다는 고양감으로 머리가 돌아가지 않는 듯했다.

몰아붙이듯 흑발 소녀는 그의 손을 잡았다.

"후후, 오빠. 이 옷 비싸다? 더럽힌 값을 치러 줄래?"

"으음, 그, 어떻게……."

"나 데이트 바람맞은 참이야. 있지, 오빠. 잠깐 밥 정도는 같이 먹을 수 있지?"

소녀가 웃자 남자는 쭈뼛거리며 고개를 끄덕였다.

『특수조— 그 능력을 활용하여 다른 조를 서포트해.』

금발 소녀— 에르나는 수도 근교 도로에서 콧노래를 흥얼거리고 있었다.

비가 막 갠 밤이었다. 하늘에는 달이 떠 있지만 도로는 캄캄했다. 1m 앞조차 보이지 않아서 에르나는 도중에 몇 번이나 넘어질 뻔했다. 추워서 수없이 입김으로 손을 녹였다. 주위에는 논밭이 펼쳐져 있고 민가로 보이는 건물조차 없었다.

도로 저편에서 헤드라이트를 켠 자동차가 어둠을 가르며 달려왔다.

코를 킁킁 실룩여 주위에 위험이 없음을 확인하고서 에르나는 차 앞으로 뛰어들었다.

운전자의 비명과 귀청을 찢는 경적이 울리고, 에르나는 살며시 지면에 쓰러졌다.

"괘, 괜찮니?"

급정지한 자동차에서 여성이 뛰쳐나왔다.

에르나는 자신의 옷이 별로 안 더럽다는 것을 알아차리고 몰래 치마에 진흙을 문질렀다. 그러고 나서 우는 시늉을 했다.

"무, 무서웠어……. 멀리까지 산책을 나왔더니 밤이 됐는데, 마침 차가 와서……."

여성은 쩔쩔매며 에르나를 집까지 바래다주겠다고 했다. 에르나를 뒷좌석에 태우고 차를 출발시켰다. 진흙투성이 소녀를 보고 죄책감을 느낀 것 같았다. 미안하긴 하지만 신경 쓸 때는 아니었다.

「거기서 오른쪽이야!」라고 에르나가 유도하자 여성은 황급히 핸들을 오른쪽으로 꺾었다.

자동차는 길가의 진창에 빠졌다.

오른쪽 앞바퀴 쪽이 기울며 차가 멈췄다.

도로가 정비되지 않은 교외, 특히 비 갠 후에 주행하다 보면 흔히 있는 일이었다.

여성은 계속 액셀을 밟다가 머리를 긁적였다. 「내가 차를 밀 테니까 핸들을 잡아 줄래?」 하고 제안했다.

여성이 내리자 에르나는 운전석에 올라타 천연덕스러운 얼굴로 시트를 뒤졌다. 틈새에 숨긴 봉투를 움켜잡음과 동시에 차가 진창에서 탈출했다.

주택가 한편까지 차를 타고 온 뒤, 「언니, 고마워!」 하고 손을 붕붕 흔들며 여성을 배웅했다.

자동차가 보이지 않게 되자 주택 뒤편에서 다른 소녀가 나타났다.

갈색 머리 소녀. 원래부터 처진 눈썹을 한층 불안한 듯 휘고서 에르나를 관찰했다. 소심한 눈으로 에르나가 든 봉투를 보더니 「오오」 하고 환호성을 질렀다.

에르나는 탈취한 봉투를 내밀었다. 소녀다운 웃음이 거짓말처럼 사라지고 냉정한 스파이의 얼굴로 바뀌었다.

"……이걸 빨리 정보조에 보내 줘."

"참고로 어떤 자료임까?"

"아까 그 언니는 딘 공화국의 협력자야. 몇 년에 걸쳐서 귀중한 정보를 빼돌려 줬어. 하지만—."

봉투를 열었다.

거기에는 제국의 육군부에서 내려온 지령이 들어 있었다.

"제국에 붙었어. 정보를 곧이곧대로 믿으면 큰일 나."

"아차~ 역시 아군도 의심하길 잘했슴다."

"……파인 플레이야. 스파이는 겁쟁이인 편이 딱 좋아."

"뭐, 과자 하나에 배신하는 동료도 있었으니까요……."

갈색 머리 소녀는 수줍어하며 입에 손을 넣고 휘파람을 불었다.

"배달 준비는 끝났슴다. 10km 거리라면 10분도 안 걸림다."

에르나가 의아해하고 있으니 두 사람 곁으로 매 한 마리가 날아왔다. 그 매가 에르나의 얼굴에 꽝 부딪혔기에 에르나는 작게 「불행……」 하고 말하면서 뒤로 넘어졌다.

매는 봉투를 물고서 시속 약 80km의 속도로 하늘 저편으로 사라져다.

『실행조— 정보조가 모은 데이터를 바탕으로 핵심 인물과 접촉해.』

백발 소녀는 늠름한 발걸음으로 큰길을 걷고 있었다. 눈치채지 못하게 고개를 숙였지만 날카롭고 위압적인 시선을 주위에 보냈다.

정오가 되어 거리는 점심을 먹으려는 노동자로 북적거렸다. 인파를 헤치고 나아가며 목표 인물과 스쳐 지나가는 타이밍을 기다렸다.

「저도 점심 먹고 싶어요~」 하고 옆에 있는 은발 소녀— 릴리가 공복을 호소했다.

백발 소녀가 「나중에 먹어……」라며 어이없어하고 있으니 반대편에서 몸집 큰 남자가 왔다. 현재 타깃이었다.

릴리에게 신호를 보내는 편이 좋을까 고민하는데 릴리의 배에서 꼬르륵 소리가 들려왔다. 정말로 배가 고픈 듯했다. 릴리는 위태로운 발걸음으로 길을 걸어가다가—.

"꺄악."

타깃인 거한에게 머리를 박았다.

"넌 뭐야!"

당연히 거한이 격노했다.

체중 차를 이기지 못하고 릴리는 그대로 넘어졌다. 머리를 손으로 누르며 「죄, 죄송해요!」 하고 말했다.

주위 사람들이 걱정스럽게 두 사람을 쳐다보기 시작했다. 거한은 그 시선을 견딜 수 없었는지 혀를 차고서 거리를 떠났다.

릴리는 크게 한숨을 쉬었다.

“이야~ 무서웠어요.”

“좀 더 눈에 안 띄는 방법으로 해.”

백발 소녀가 릴리의 이마를 튕겼다.

“아야! ……그래서 성과는요?”

“완벽해.”

백발 소녀는 히죽 웃고 어깨에 멘 가방을 열어서 보여 줬다. 거한에게서 훔친 지갑이 들어 있었다. 거한의 정신이 릴리에게 팔린 사이에 빼냈다.

“일단 묻겠는데 진짜죠?”

“당연하지. 내가 가짜에 속을 것 같아?”

“선생님에게 열네 번 속았어요.”

“더는 안 속아……. 네가 부딪친 순간, 그 남자가 순간적으로 누른 건 뒷주머니가 아니라 가슴 쪽이었어. 뒷주머니에 있는 지갑은 더미고 이쪽이 진짜야.”

두 사람은 큰길에서 벗어나 뒷골목을 걷기 시작했다.

“바로 호텔에서 분석하자. 아까 그 덩치는 마약상이야. 지갑에는 마약 구매인 리스트가 있어. 정보조의 예측으로는 연구소 직원도 있을 거라고 했어.”

“모조리 신고하면 아주 통쾌하겠죠.”

“이용할 만큼 다 이용한 후에 말이지.”

백발 소녀의 말에 릴리도 「흐흥~」 하고 즐겁게 허밍했다.

"조금 불안했지만 저희는 성장했네요."

"그야 그렇겠지. 한 달이라고는 해도 상당히 농밀하게 훈련했—."

그녀들이 서로 시선을 맞추고서 히죽히죽 웃고 있을 때.

"거기 두 사람! 멈춰!"

날카로운 목소리가 뒤에서 들려왔다.

돌아보고 「으엑」 하며 가볍게 신음했다. 스파이의 천적— 경찰이었다.

두 남성 경관이 소녀들의 도주로를 차단했다.

"가방을 전부 보여 줘야겠어. 절대 움직이지 마."

"아~ 저희는 선량한 관광객인데요."

"미안하지만 이 주변은 소매치기가 많은 곳이거든. 협력해 주겠어?"

백발 소녀가 늠름하게 둘러댔지만 통하지 않았다.

왜 소매치기 다발 지구를 고른 거예요. 릴리가 작은 목소리로 비난했다.

네가 점심 먹을 수 있는 곳을 희망했으니까 그렇지. 백발 소녀가 마주 노려보았다.

최악에는 경관을 쓰러뜨린다는 선택지도 있지만, 일이 귀찮아질 테니 최후의 수단이다.

백발 소녀는 저항하지 않고 가방을 내밀었다.

경찰은 가방을 낚아채 주저 없이 단검을 찔렀다. 이래서야 이중 바닥도 통하지 않는다. 타인의 신분증이 든 지갑은 허무하게 발견

될 것이다.

그럼 어떤 거짓말로 타개할까—.

"—좋아, 문제없군."

걱정이 빗나가며 경관은 간단히 포기했다. 옷에서도 가방에서도 지갑은 결국 발견하지 못했다.

경관이 떠난 후, 릴리는 고개를 갸웃했다.

"어? 어디에 지갑을 숨겼어요?"

"몰라."

"예?"

"훔쳤을 터인 지갑이 사라졌어."

백발 소녀는 분한 얼굴이었다.

"내가 훔친 지갑을 훔쳤어. —이런 짓을 할 수 있는 녀석은 한 명밖에 없어."

소녀는 떠올렸다.

작전 회의 자리에서 클라우스가 조를 나누고 마지막으로 했던 말을.

『나는— 백업에 전념하지.』

그때, 한 남성이 두 사람 옆을 지나쳤다.

깔끔한 양복을 입은 남자는 고령의 신사로만 보였다. 완벽한 변장이었다. 그는 살짝 옷깃을 젖혔다. 소녀들에게만 지갑을 보여 주고서 천연덕스러운 얼굴로 뒷골목에서 사라졌다.

모든 것이 완전하다고는 할 수 없었다.

그래도 『등불』의 소녀들은 충분한 활약을 보여 주고 있었다.

참고로.

작전의 세부 사항은 다음과 같이 정해졌다.

『구체적으로 말하자면, 정보조는 가련하게 핀 장미처럼, 실행조는 투다다 뛰어다니고, 특수조는 작은 새를 예뻐하듯—.』

『…….』

소녀들이 싸늘한 눈으로 쳐다보자 클라우스가 말을 멈췄다.

『—농담이야.』

전혀 웃기지 않았다.

소녀들은 마음 깊이 안도했다. 진심으로 한 소리였다면 어쩔 뻔했을까.

『세부 사항은 너희가 결정해.』

클라우스는 부드러운 눈길을 보냈다.

『방향성은 내가 정할 거고 체크도 할 거야. 하지만 구체적인 입안은 맡기겠어.』

『어……? 그래도 돼요?』

『할 수 있잖아? 한 달간 반복했을 텐데.』

도발하는 듯한 발언이었지만— 가슴 설레는 제안이기도 했다.

소녀들은 시선을 마주했고, 흑발 소녀가 고아하게 웃었다.

『편히 쉬고 있어. 황홀하리만큼 완벽한 계획을 짤 테니까.』

『—극상이야.』

그 말이 신호였다. 소녀들은 테이블에 지도를 펼쳤다.

어떻게 하면 적을 속일 수 있을지. 누가 타깃과 접촉할지.

소녀 한 명이 의견을 내면 두 명이 반론하고, 세 명이 수정안을 내고, 네 명이 싸웠다. 특히 많이 나온 반박은 「그건 선생님에게 통하지 않았다」였다. 소녀들이 맨 처음 꺼내는 제안은 클라우스 상대로 한 번 실패한 것들이었다. 그래서 궁리를 더해 개선을 꾀해 나갔다.

표어는— 선생님도 속일 수 있는 계획을 짜자!

한 달간의 성과가 시험받고 있었다.

◇◇◇

밤, 클라우스가 호텔에서 신문을 읽고 있으니 노크 소리가 울렸다.

"주문하신 와인을 가져왔습니다……."

문을 열었다. 와인병을 끌어안은 소년이 있었다.

클라우스는 소년을 방에 들이고 레코드플레이어를 틀었다. 설령 도청당하더라도 대화 내용을 들려주지 않기 위한 조치였다.

소년은 후우 숨을 내쉬더니 얼굴 가죽을 벗기듯 안면 전체를 덮은 마스크를 벗었다. 온화한 눈과 아련한 얼굴— 빨간 머리 소녀가 나타났다. 정보조 중 한 명이었다.

"변장은 훌륭하지만."

클라우스는 와인을 받았다.

"딱히 마스크를 벗을 필요는 없을 텐데?"

"보스 앞에서 남장하는 건 슬퍼서요……."

"……네가 그러고 싶다면 상관없지만."

이 소녀는 묘하게 자신을 잘 따르는 것 같았다.

깊이 추궁하지 않고 그저 「보스라고 부르지 마」라고 명령했다.

와인의 라벨을 떼자 안쪽에 적힌 암호가 보였다. 소녀들이 긁어모은 정보였다. 적혀 있는 내용을 얼추 보기만 해도 그녀들의 분투를 헤아릴 수 있었다.

빨간 머리 소녀가 정숙한 태도로 머리를 숙였다.

"『나락 인형』이 연구소에서 이동되지 않았다는 확신은 얻을 수 있었습니다……. 하지만 잠입은 어려울 것 같습니다……. 외딴곳에 세워져 있고, 그 주변은 늘 엄중히 경계되고 있습니다. 최심부까지 가는 열쇠는 한정된 인물만이 가지고 있어서 변장하여 숨어들어도 잠입할 수 없습니다……. 당당히 돌입하는 것 말고는 수단이 없기에 좀 더 시간을 들여야—."

"아니, 시간을 들이면 제국은 생물 병기 분석을 끝낼 거야. 그럴 여유는 없어."

"하지만……."

"나도 놀고 있던 건 아니야."

클라우스는 객실 내에 놓인 침대를 들어 올렸다.

침대 바닥에 대량의 자료와 신분증이 붙어 있었다. 일면을 가득 덮을 만큼. 연구소와 관련된 인간의 범죄 이력, 가족 관계, 시설 건설 시의 준공도, 연결된 정치가, 육군부의 인사 기록, 재무부의 예산 관리 자료까지.

"이걸 혼자서……?"

빨간 머리 소녀는 눈을 깜박였다. 자료를 재빨리 읽고서 깊이 한숨을 쉬고, 눈부신 것을 쳐다보듯 클라우스를 바라보았다.

"역시 대단하시네요……. 숙련된 솜씨예요. 마음이 든든해요……."

"숙련된 솜씨……. 그렇지, 나는 세계 최강의 스파이니까 이 정도는 당연하지만—"

클라우스는 말을 끊었다. 한 번 천장을 올려다보고 눈을 감았다.

"—조금만 더 시간을 주겠어?"

빨간 머리 소녀가 재차 눈을 깜박였다.

밤, 클라우스는 거리에 나왔다.

부주의한 외출이었지만 다리가 움직였다. 동기를 묻는다면 그냥 나왔다고 대답할 수밖에 없었다. 자신의 행동을 설명하는 건 자신 있는 일이 아니었다.

걱정돼서. 아마 그게 올바른 설명이겠지만.

'……나는 그 녀석들에게 보여 주는 것만큼 완벽하지 않아.'

지금의 자신이 있는 것은『화염』에서 주입받은 수행의 성과였다.

『화염』에 처음 입단했을 때는 지금의 소녀들 이상으로 아무것도 가지지 않은 소년이었다. 나라를 대표하는 스파이들에게 직접 기술을 배워서 겨우 지금의 자신이 완성되었다. 매일 가혹한 훈련을 받으며 실패를 반복했었다.

특히 기드의 지도를 받으면서 몇 번이나 굴욕을 맛봤다.

『전투는 영 아니야. 날 이길 수 있는 요소가 없어.』

아무리 도전해도 스승인 기드에게는 미치지 못했다.

덤벼들면 내던져졌고, 온 힘을 다해 주먹을 날려도 간단히 카운터를 먹었다.

『0.1초 느려— 몇 번을 해도 똑같아.』

『야, 가끔은 나 말고 다른 녀석한테 지도받아. 교섭이라든가 변장이라든가. 전투는 스파이의 중심 기술이 아니야.』

『다른 것들은 감각으로 습득했다고? 바보야. 이론을 배워.』

『언젠가 너는 가르치는 측이 돼. 그때 제자를 죽이게 될 거다.』

『관심 없다고? ……하아. 알겠어. 네 직성이 풀릴 때까지 때려 주마.』

결국 클라우스는 한 번도 이기지 못했다.

몇백 번을 싸워도 결코 도달하지 못했다.

'0.1초가 메꿔지지 않았어……. 『숙련』과는 거리가 멀어. 나도 미숙한 사람이야…….'

클라우스는 공원에 도착하여 분수대 가장자리에 앉았다.

밤중 공원에는 파티에서 돌아오는 인간이 오가고 있었다. 불그스

름한 얼굴로 이 세상의 봄을 만끽하며 콧노래를 흥얼거렸다. 수도 어딘가에서 아직 파티가 계속되고 있는지 바이올린 소리가 들렸다.

뒤에서 들리는 물소리에 귀를 기울이고 눈을 감았다.

"음, 미남이야. 오빠, 어때? 한 번 하는데 지폐 세 장이야."

눈을 떴다.

매춘부인가. 외로운 독신 남성이라고 오해받았나.

목소리가 들린 방향을 보자 에르나가 몸을 배배 꼬고 있었다.

"……안 사."

"안 사면 『창부인 척 정보를 교환하는 스파이』 플랜이 무용지물이 돼."

"다른 플랜을 준비해."

경찰서에 끌려가는 악수 중의 악수다.

에르나는 아랑곳없이 옆에 앉았다. 클라우스는 적어도 거리를 두고 앉으려고 위치를 옆으로 옮겼지만 에르나가 옆에 찰싹 붙었다.

"……설령 우연히 만난 타인 흉내를 내더라도 스파이끼리는 최대한 접촉해선 안 돼. 왜 정보조에게 전달 역할을 맡겼는지 몰라?"

작은 목소리로 그렇게 말했지만 에르나는 떨어질 기미가 없었다.

"전달 역할은 전할 수 없는 걸 전하러 왔어."

"뭔데?"

"러브콜이야."

이 녀석, 무슨 소리를 하는 거지?

그렇게 말하고 싶지만 소녀를 상처 입힐 수도 있기에 그만뒀다.

"불안해……?"

에르나가 걱정스러운 눈으로 쳐다봤다.

꿰뚫어 본 듯한 말이었다. 인형처럼 동그란 눈이 글썽거렸다.

자신의 흔들리는 마음을 에르나는 간파한 모양이다.

부하에게 속내를 털어놓고 싶지는 않았다. 하지만 상냥한 마음을 저버리는 것도 망설여졌다.

"속마음을 밝히기 전에…… 내 실제 나이를 밝히기로 하지."

"응, 궁금해."

"보이는 대로야."

"스물여덟 살!"

"……스무 살이야."

옛날부터 다들 어른스럽게 봤었다.

상처받지 않았다. 결단코.

「……생각보다 훨씬 젊어」라며 에르나가 감탄했다.

『등불』에서 가장 나이 많은 소녀가 열여덟 살이니 부하와 고작 두 살 차이였다.

"그래서 나이에 걸맞은 불안 정도는 있어. 타인의 목숨을 맡는 건 처음이야. 자신의 목숨은 수없이 걸었지만 말이지."

"……."

"내 미숙함으로 부하를 죽일지도 몰라……. 그런 상상에 겁이 나……. 한심한 이야기야."

이런 나약한 소리를 다른 소녀에게는 들려줄 수 없다. 스스로도 어이가 없었다.

에르나는 살며시 클라우스의 손에 자기 손을 포갰다.

"에르나는 말재주가 없어서…… 멋진 말은 못 해……."

에르나의 맑은 눈이 클라우스를 담고 있었다.

"그러니까…… 불안이 사라질 때까지 이렇게 손을 잡고 있을게……."

손을 잡는다고 안정될 만한 나이는 아니지만, 에르나의 진지한 마음은 손의 온도로 전해졌다.

기분이 조금 가벼워진 것 같았다.

그걸 전하자 에르나는 만족스럽게 미소 짓고서 왔던 길을 돌아갔다.

이튿날 밤, 클라우스가 호텔에서 암호문을 작성하고 있으니 누군가가 문을 노크했다. 시계를 보자 아홉 시 정각. 매일 성실하게 1분 1초도 어긋나지 않고 도착했다. 도청 대책으로 레코드플레이어의 음량을 높였다.

문밖에서 빨간 머리 소녀의 정숙한 목소리가 들렸다.

"……보스, 주문하신 와인을 가져왔습니다……."

펜을 떨어뜨릴 뻔했다.

성큼성큼 문으로 다가가자 소년으로 변장한 빨간 머리 소녀가 평온한 표정을 짓고 있었다.

즉각 방에 들였다. 바로 마스크를 벗는 그녀에게 클라우스는 못

마땅한 눈길을 보냈다.

"방 앞에서 『보스』라고 부르지 마. 왜 술집 점원으로 분장했는지 몰라?"

"아! 죄송합니다, 보스……."

"아니, 방 안에서도 보스라고 부르지 마. 선생님이라는 호칭이 싫다면 클라우스라고 해."

빨간 머리 소녀가 눈을 내리떴다.

"하지만 보스는 보스라고 부르고 싶어요……."

"고집스러운 녀석이네."

확실하게 주장하니 클라우스가 접어줄 수밖에 없었다. 보스라는 호칭을 싫어하는 것은 자신의 사정이다.

정기 보고를 끝낼 즈음에는 그녀도 타고난 정숙함을 되찾았다.

"하나 더 말씀드려도 될까요……?"

"뭔데?"

"작전 결행 전날 밤…… 릴리 씨가 결기 대회를 열고 싶다고 하더군요."

"……."

헛소리가 들린 것 같다.

클라우스는 미간을 짚었다.

"보스?"

"아니, 잘못 들은 거겠지. 결기 대회, 라고 들렸는데? 혹시 잠입 중인 스파이가 모두 모여서 식사할 생각인가?"

"그런 전갈을 받았습니다."

"부정하길 바랐거늘……."

스파이가 결기 대회를 열다니 금시초문이다.

누군가 한 명이라도 미행당하면 전원 마크된다.

한 사람이 마크되더라도 다른 인간이 임무를 수행하기 위해 따로따로 행동하고 있었다. 모여서 어쩌자는 것인가.

"못 하게 해. 전대미문이야."

"이미 릴리 씨가 고급 레스토랑 목록을 작성하고 있는데요……."

"뻔뻔함만으로 사는 녀석이라니까."

"아무래도 모두의 피로를 신경 쓰고 있는 것 같습니다……."

그렇군, 납득했다.

자신과 달리 소녀들은 이것이 첫 임무다. 초췌함이 두드러질 무렵이리라.

빨간 머리 소녀의 목소리에도 패기가 없었다. 입실 전에 호칭을 틀리는 부주의한 실수도 저질렀다.

"—알겠어. 그럼 정보기관의 입김이 닿은 가게를 가르쳐 줄게. 멋대로 개최해. 미행을 확실히 경계하고."

양보하자 빨간 머리 소녀가 작게 고개를 가로저었다.

"아뇨, 저희끼리만 열면 만일의 경우도 있어서요……."

"그럼 중지해."

"보스가 참가해 주시면 해결됩니다……."

"……."

설마 보디가드 취급인가.

하지만 발언 자체는 정론이었다. 결국 그게 최선일까.

"……부하를 케어하는 것도 상사의 일이겠지."

한숨을 쉬고 손으로 얼굴을 덮었다.

"내가 가게를 잡아 두겠어. 정탐도 해 두지……."

그렇게 자포자기하여 말하자 빨간 머리 소녀는 깊이 머리를 숙였다.

스파이라고 뭉뚱그려 표현하지만 그 형태는 폭넓게 존재한다.

클라우스처럼 국가 공무원인 스파이부터, 타국에 머물며 정보를 빼돌리는 협력자, 그때그때 보수를 줘서 고용하는 정보상, 평상시에는 타국의 선량한 시민으로 지내는 잠복 스파이까지.

결기 대회 장소로는 제국에 불신감을 품은 오너의 레스토랑을 골랐다. 구체적인 스파이 활동은 하지 않지만, 레스토랑을 이용하는 클라우스 일행의 비밀을 끝까지 지켜 줄 것이다.

그 레스토랑의 단체룸을 예약했다.

미행도 없고 오너가 배반하지도 않았음을 확인하고 나서 클라우스는 뒤늦게 입실했다. 식사 모임에 이렇게까지 수고를 들여야 하는지는 심히 의문이었지만.

"오랜만이에요!"

룸에 들어가자 릴리가 제일 먼저 반응하여 손을 흔들었다.

"……릴리, 너의 웃기는 제안을 채용해 준 내게 할 말은?"

"천만에요?"

말없이 딱밤을 날리자 릴리가 「두개골이!!」 하고 아우성쳤다.

클라우스는 자리에 앉아 새삼 소녀들의 얼굴을 보았다. 직접 얼굴을 마주하는 것은 2주 만인데 표정이 단단해진 것 같았다. 여전히 어린 티는 남아 있지만.

요리가 나오자 결기 대회의 분위기가 무르익기 시작했다.

소란의 중심에는 역시 릴리가 있었다.

"이야~ 릴리 대활약이에요. 첫 임무에 이렇게나 미션을 소화하다니!"

우쭐대는 발언을 하고 역시나 다른 소녀들에게 얻어맞았다.

같은 실행조 멤버들은 「너는 길을 잃었잖아!」 「떨어뜨린 물건을 나한테 찾아 달라고 하지 않았어?」라고 지적했다. 늠름한 백발 소녀와 불손한 청은발 소녀. 아무래도 릴리의 위태로운 부분도 다른 소녀들이 잘 서포트하고 있는 듯했다. 릴리가 바보짓을 하고 다른 소녀들이 어이없어한다. 정형화되다시피 한 패턴으로 대화가 점점 활기를 띠었다.

클라우스는 거기에 끼지 않았다. 말없이 요리를 계속 먹었다.

소녀들이 모이면 이렇게 떠들썩한 건가 생각하며 눈썹을 찌푸렸다.

그러자 한 소녀가 다가왔다.

"선생님."

에르나였다.

메인 디시인 새끼 양 스테이크를 잘라서 포크로 한 조각을 찔러 클라우스에게 내밀었다.

"아~ 해."

소녀들이 환호성을 질렀다.

"오오, 적극적임다!" "가라! 남자다움을 보여 줘!" "제법 세게 나가네……."

머리가 아파졌다.

에르나에게는 미안하지만 내민 포크를 무시했다.

"……왜 이렇게 긴장감이 없어?"

클라우스는 소녀들을 노려보았다.

"너희, 정말로 상황을 이해하고 있는 거야……?"

좋아하진 않지만 설교가 필요한 단계였다.

자신들은 소풍 나온 것이 아니다. 국민 몇백만 명의 위기를 짊어지고서 목숨이 달린 임무를 수행하려고 왔다.

너무 해이해져 있었다.

첫 질책이었다.

"……."

소녀들이 일제히 입을 다물고, 찬물을 끼얹은 듯한 고요함에 휩싸였다.

역시 풀이 죽었나. 그렇게 걱정했지만 아무래도 아닌 듯했다.

백발 소녀가 늠름하게 마주 노려보았다.

"긴장? 당연히 하고 있어. 나라고 안 무섭겠어? 자국에서 밖으로 한 발자국 나온 순간부터 몸이 떨리는 걸 참고 있어."

"그럼 왜?"

"하지만 오늘은 당신이 같이 있잖아."

백발 소녀가 입을 삐죽였다.

"그러니까 괜찮지 않을까 싶어서…… 나는 당신의 강함만큼은 믿으니까."

그 말에 동의하듯 다른 소녀들도 고개를 끄덕였다.

그렇다고 해도 정신이 너무 빠졌다. 그렇게 말하고 싶었지만 말을 삼켰다.

그랬군. 자신이 옆에 있어서 방심한 건가. 한 달 동안 패배를 되풀이하면서 자신을 과대평가하기 시작했나 보다.

클라우스는 백발 소녀에게 바싹 다가갔다.

"뭐, 뭐야……?"

백발 소녀가 몸을 긴장시켰다.

"너한테 주마."

클라우스는 에르나에게서 뺏은 포크를 내밀었다.

"아~ 해."

백발 소녀가 순식간에 빨개졌다.

"뭐, 무슨, 잠깐, 느닷없이 뭐 하는 거야!"

"이 정도로 동요하는 녀석이 안심감을 품지 마."

클라우스가 백발 소녀의 이마를 튕기자 룸은 다시 웃음바다가 되었다. 백발 소녀가 먹지 않은 고기를 이번에는 에르나에게 내미니 그녀는 기뻐하며 물었다. 잘 모르겠지만 박수가 일었다.

다행히 결기 대회의 분위기는 망가지지 않았다. 바로 떠들썩함을 되찾았다.

"그러고 보니 처음이네요."

도중에 릴리가 중얼거렸다.

"뭐가?"

"선생님이랑 같이 식사하는 거요. 평소에도 같이 먹으면 좋을 텐데."

"……."

정론이었다.

아지랑이 팰리스에서는 소녀들이 직접 요리를 만들었고, 클라우스는 클라우스대로 음식을 준비했다. 냉정하게 생각하면 비효율적이었지만 그게 자연스럽다고 여겼었다.

식사는 가족끼리 먹는 것이다. 하지만 클라우스는 가족을 잃었다. 혼자 식사하는 것은 이상한 일이 아니다.

그렇게 주장하는 건 멋을 모르는 소리일까.

클라우스는 말없이 자리에서 일어났다.

클라우스가 화장실에서 룸으로 돌아오니 예상치 못한 광경이 펼쳐져 있었다.

소녀들이 전부 식탁에 엎어져 있었다.

습격이라도 받았나. 모습을 관찰했다.

하지만 소녀들에게 다가가자 새근새근 자는 소리가 들렸다. 가스의 흔적이나 주삿바늘 자국도 없었다. 요리에 독은 없었다. 단순히 떠들다가 지쳐서 잠들어 버린 듯했다.

소녀들은 밤낮없이 분주했다. 한 달 반 동안 휴일다운 휴일도 없었다. 동료와 모여 안심이 되자 그 피로가 터진 모양이다.

'아니, 아무리 피곤하다고 해도 이런 곳에서 조는 녀석이 어디 있어?'

때려서 깨울까 하다가 그만뒀다.

모처럼 자는데 억지로 깨울 필요도 없었다.

설령 습격이 있더라도 자신이 대처하면 된다.

'이것도 상사의 역할……이라고 생각하는 건 역시 과한가.'

클라우스는 식후 커피를 가져온 웨이트리스에게 웃돈을 줄 테니 이대로 룸을 대절하고 싶다고 부탁했다. 『등불』의 예산을 쓰기도 망설여져서 클라우스가 자비로 부담했다. 웨이트리스는 따뜻한 광경이라도 보는 것처럼 미소 짓고서 승낙했다.

'정말이지…… 내 불안도 모르고서…….'

소녀들의 자는 얼굴을 보고 한숨을 쉬었다.

『자는 모습을 보여 주는 건 신뢰한다는 증거야.』

그 말이 뇌리를 스쳤다.

예전에 보스가 한 말이었다.

『그러니까 자신에게 자는 모습을 보여 준 사람은 끝까지 지켜야 해.』

클라우스가 아직 어렸을 때, 아지랑이 팰리스의 홀에서 선잠을 잔 적이 있었다. 거듭된 훈련으로 녹초가 되어 있었기 때문이다. 눈을 뜨자 보스와 『화염』의 멤버가 키득키득 웃고 있었다.

『아니, 보스…… 우리가 하는 일은 자는 모습을 보인 적의 허를 찌르는 건데.』

『기드. 아이 앞에서 그런 뒤숭숭한 발언을 하면 안 되지.』

『어린애 아니야, 보스.』

기드는 클라우스의 등을 세게 때렸다.

『이 녀석은 천재야. 잘 키우면 우리보다 우수한 스파이가 될 남자야.』

『아직 아이야. 깜빡 낮잠을 자는 귀여운 아이.』

클라우스는 허세를 부리며 반론했다.

『나는…… 어린애가 아니야.』

어린 티가 나는 소년이 센 척을 하니 귀여워 보였을 것이다.

보스가 웃음을 터뜨렸고 주위에 있던 멤버도 덩달아 웃었다. 기드가 건방진 소리 하지 말라며 머리를 때렸다. 보스가 폭력 반대를 주장했고, 기드가 『스파이가 무슨 말을 하는 거야.』 하고 반론했다. 클라우스는 그 모습이 보기 좋아서 눈을 가늘게 떴다.

회상에 잠겨 있다가 문득 깨달았다.

'……? 왜 나는 이 녀석들을 보며 『화염』을 떠올리는 거지?'

전혀 닮지 않은 집단이다.

일류 스파이팀과 미숙한 급조 스파이팀.

보석과 돌멩이만큼 동떨어져 있었다.

'하지만…… 어쨌든 결심이 선 것 같아.'

클라우스는 소녀들을 둘러보았다. 다들 편안하게 자고 있었고,

릴리에 이르러서는 식탁보에 침을 흘리고 있었다.

끝까지 지켜야만 한다.

설령 손이 많이 가는 녀석들이더라도.

소녀들이 자신을 신뢰한다면 자신도 자기 자신의 결단을 신뢰하자—.

◇◇◇

릴리는 헉하며 눈을 떴다.

뺨이 젖어 있었다. 누군가가 장난을 쳤나 보다. 자는 사이에 당했나. 복수해야 한다.

졸린 머리를 흔들어서 멍한 의식을 각성시켰다. 그러자 지금 자신이 놓인 상황이 인식되었다. 레스토랑, 요리가 사라진 테이블, 잠자는 동료들. 아무래도 결기 대회 도중에 곯아떨어진 모양이다.

"앗! 큰일이에요!"

릴리는 벌떡 일어났다.

긴장감이 없다고 지적하며 언짢아하던 클라우스의 얼굴이 기억났다. 보기 드문 설교 직후에 이런 실수를 하는 건 너무 심각하다.

곯아떨어진 소녀들의 등을 황급히 두드렸다.

"다들 일어나세요! 얼른 안 일어나면 선생님이 코에 올리브유를 들이부을 거예요!"

"누가 들이붓는다는 거야."

단체룸 구석에서 커피를 마시던 클라우스가 어이없어했다.

릴리의 호들갑에 다른 소녀들도 일어나기 시작했다. 그녀들도 클라우스에게 질책받지는 않을까 두려워했다. 정신 바짝 차려야 한다고 결심했지만 수마를 이길 수는 없었다.

하지만 소녀 대부분의 예상과는 달리— 클라우스는 온화한 표정을 짓고 있었다.

심지어 전에 없이 온화했다. 아주 미미하긴 했으나 입꼬리가 올라가 있었다.

"계획을 변경한다. 원래는 너희가 동쪽에서 잠입하고 내가 서쪽에서 잠입할 예정이었지만 서로 바꾸기로 하지. 각자 준비해 둬."

클라우스가 자리에서 일어나 나가려고 했다. 소녀들이 일어날 때까지 기다렸던 모양이다.

생각지 못한 태도에 소녀들이 의문스러워하고 있으니 클라우스가 갑자기 발을 멈췄다.

"그리고……."

이것 또한 드물게도 망설였다.

"……보이는 대로야."

"뭐가요?"

"역시 안 전해지나."

유감스러워하며 눈썹을 찌푸렸다.

말을 하나하나 검색하듯 넉넉히 침묵하고서 입을 열었다.

"수업도 지시도 못 하는 보스를 잘 따라와 줬어. ……고맙다."

그 말을 남기고서 클라우스는 빠른 걸음으로 룸을 나갔다.

소녀들은 한동안 무슨 일이 일어났는지 받아들이지 못한 채 가만히 있었다. 서로 눈짓하고 고개를 끄덕여 방금 그게 현실이었다고 어떻게든 믿었다.

고맙다고 했다. 그 마이페이스남이 자신들에게.

클라우스의 의도는 알 수 없었다. 단순한 변덕일지도 모른다.

하지만 후에 소녀들은 회고한다.

어쩌면 이때 팀은 하나가 됐을지도 모른다고.

◇◇◇

작전 결행일이 됐다.

생물 병기 탈환 작전, 『화염』이 완수하지 못했던 불가능 임무.

결행은 심야. 어둠이 가장 깊어지는 삭일.

소녀들은 각자 숙박 시설을 빠져나와 어둠 속을 달려 집합 장소에 도착했다. 수도가 내려다보이는 절벽 위. 전망 좋은 언덕에 준비를 마친 멤버가 집합했다.

국내에 잠복하는 학생복 차림도 아니고, 적국에 잠복하는 관광객 차림도 아니었다.

기동성과 은밀성을 중시한 전용 검은색 복장. 소녀들이 전력을 발휘하기 위한 차림새였다.

시선 끝에는 잠입할 곳인 연구 시설이 있었다.

새삼 잠입 난이도가 통감되었다.

늘어선 5층 건물. 부지에 들어갈 수 있는 것은 허가받은 일부 인간뿐. 그것도 저녁 시간이 지나면 쫓겨난다. 야간에는 무수한 군인이 경비를 섰다. 잠입하려면 감시를 피해 20m 높이의 벽을 기어오르거나 정면의 외길로 당당히 돌입해야 했다.

생물 병기 샘플을 탈환한다. 최악의 바이러스 병기 『나락 인형』—.

『등불』의 멤버는 연구 시설을 힘주어 노려보았다.

"계획은 그대로야. 두 가지 루트로 잠입한다. 나와 너희는 따로 행동한다."

클라우스는 변함없이 정장 차림이었다. 하지만 머리 모양이 크게 달랐다. 어깨까지 기른 머리카락을 뒤로 묶고 이마를 크게 드러내고 있었다. 혼잡 속에 녹아드는 수수한 풍모가 아니라 기합이 충분히 들어간 외양이었다.

"연구소에는 군인과 공작원도 상주하고 있어. —저지하는 모든 것을 속여 해치워라."

소녀들은 고개를 끄덕였다.

말을 들을수록 긴장감이 팽팽해졌다.

지금껏 벌였던 첩보 활동은 결국 잠입을 위한 준비 운동에 불과했다. 다소 위험해도 지금부터 수행할 미션과 비교하면 놀이의 범위였다.

지금부터는 일거수일투족에 목숨이 오간다.

"그럼 가자."

클라우스가 오른손을 높이 들었다.

“다 같이 살아 돌아오자.”

손가락을 딱 튕겼다.

그 신호와 함께 소녀들은 어둠에 녹아들었다.

◇◇◇

임무를 개시하며 소녀들은 둥글게 원을 이루었다.

일곱 소녀가 주먹을 들고 서로를 노려보았다.

릴리가 외쳤다.

“짐꾼 결정전~!”

“““““““예이~!”””””””

“다수면 승자, 가위, 바위, 보!”

소녀들은 일제히 보자기를 냈다. ―유일하게 바위를 낸 백발 소녀만 빼고.

다음 순간, 백발 소녀가 릴리에게 달려들어 멱살을 잡았다.

“릴리이이이? 너 바위로 통일시키겠다고 했잖아아아아아?”

“예~? 그런 정보를 흘렸던가요~?”

뭔가를 정할 때는 이 가위바위보가 원칙이었다. 매번 정보전이 펼쳐지며 피 튀기는 혈전이 되었다.

릴리는 모르쇠로 일관했고 결국 가장 큰 짐은 백발 소녀가 부담했다. 그녀는 거대한 배낭을 메고 잠입 조사에 임하게 되었다. 소녀 중에서 가장 힘이 센 사람이 그녀였기에 타당한 결과였다.

백발 소녀가 배낭의 중량에 「으엑」 하고 신음했고 소녀들은 앞으로 나아갔다.

연구소 주변에는 외부 침입자를 위협하듯 조명이 켜져 있었다. 소녀들은 그 조명을 피해 잠입해야 했다.

20m 높이의 벽이 주위를 둘러싸고 있었다.

"한 번에 일곱 명은 많겠죠……."

한 소녀의 제안으로 운동 신경이 좋은 두 명이 벽 상부에 와이어를 걸어 올라갔다. 그녀들이 감시 여부를 확인하고 다음 두 사람이 벽의 중턱에서 대기. 마지막으로 무거운 짐을 진 백발 소녀를 포함한 세 사람이 벽을 넘었다.

벽에 설치된 경보 장치는 사전 공작으로 해제되어 있었다.

일곱 명은 거대한 창고 뒤편에 내려섰다. 저장 탱크들이 있는 곳이었다. 소녀들보다 몇 배는 큰 탱크가 수십 개 가까이 늘어서 있고 배관이 이리저리 뻗어 있었다. 연구용 가스와 석유가 들어 있는 것 같았다. 소녀들은 그 탱크에 몸을 숨기고 각자 슬그머니 무기를 들었다.

이곳은 완전히 적지다.

들키면 무마할 수 없다.

사전에 알아낸 정보에 의하면 침입자는 즉각 사살이었다.

"……다음 시각에 순찰하러 오는 군인이 열쇠를 가지고 있어. 신속하게 뺏자."

흑발 소녀가 속삭였다.

다른 소녀들이 동시에 숨을 삼켰다. 사전에 입수하지 못한 열쇠는 임무 중에 뺏을 수밖에 없다. 제국의 보안 수준은 상당하기에 사전에 입수하는 편이 더 드물지만.

릴리는 단검을 들지 자동식 권총을 들지 고민하다가 단검을 골랐다. 칼끝에 슬쩍 독을 발랐다.

그때, 옆에서 숨죽인 소녀가 땀을 흘리고 있음을 알아차렸다.

괜찮냐고 물어보며 릴리가 그녀의 등을 쓸었다.

"솔직히 무섭습니다……."

갈색 머리 소녀는 소심하게 얼굴을 찡그렸다.

"불길한 예감이 가시질 않습니다……. 우리는 뭔가 결정적인 착각을……."

"스톱."

청은발 소녀가 불손한 목소리로 차단했다.

"아무리 불안해도 그걸 지금 말하는 건 안 돼."

현명한 판단이었지만 한발 늦었다.

클라우스의 지시라면 괜찮다— 그 맹신이 소녀들 사이에서 흔들렸다. 이것이 첫 임무인 소녀들에게는 일류인 그의 말이야말로 마음의 버팀목이었다.

의심해서는 안 된다. 하지만 결국 머릿속을 스쳤다.

만약 클라우스의 예상을 웃도는 적이 있다면?

만약 클라우스조차 간파하지 못한 책략이 적에게 있다면?

그가 소속되어 있었던 『화염』조차 생물 병기 탈환 임무 중에 괴멸했다. 과연 자신들에게 승기가 있을까?

한번 생겨난 두려움은 바이러스 감염처럼 모든 소녀에게 퍼져 나갔다.

"—걱정하지 않아도 돼요."

그 무거운 분위기에 잡아먹히기 전에 릴리가 말했다.

"트러블이 생기면 다 같이 계획을 짜요. 줄곧 그랬던 것처럼."

릴리의 말에 소녀들에게 생겨났던 공포가 스르르 옅어졌다.

그걸 느끼고 누군가가 릴리에게 농담하려고 했을 때, 발소리가 울렸다.

예정대로 순찰병이 온 것이다.

흑발 소녀가 눈으로 신호를 보냈고 세 소녀가 탱크 뒤에서 뛰쳐나갔다. 순찰병은 한 명. 그의 뒤로 다가가 구속구를 꺼내 입에 채웠다.

좌우에서 나온 두 소녀가 패닉에 빠진 군인을 결박했다. 힘의 차이는 관절기를 먹여 보완해서 순찰병 하나를 무력화했다.

순찰병의 옷 주머니에 열쇠가 있었다.

소녀들은 입가를 일그러뜨렸다.

"자, 심문해 볼까."

흑발 소녀가 고아하게 선언했다.

"일단은 안전한 곳으로—."

소녀들이 군인의 몸을 들어 올렸을 때였다.

"위험해!"

비명이 울렸다.

소녀들은 반사적으로 군인의 몸을 두고 훽 물러났다.

바람이 지나간 것처럼 느껴졌다.

그 존재는 눈에 보이지 않는 속도로 군인의 몸을 잡아채 순식간에 소녀들에게서 탈환했다. 소리도 없고 기척도 없었다. 군인의 몸이 떠오르고 물 흐르듯 사라졌다.

뒤늦게 시선을 보낸 곳에 키 큰 남자가 서 있었다.

사지가 길어서 마치 곤충 같이 느껴지는 남자였다. 남색 재킷을 걸친 남자의 외양은 이 자리에 어울리지 않게 경박했다. 나이는 30대로 보였으나 20대라고 해도 믿을 듯했다. 밝은색 머리는 젊어 보였지만 수염은 중년처럼 보였다. 아무튼 경박한 인상이 눈에 띄었다.

남자는 구출한 군인을 지면에 패대기쳤다.

"—이상하네. 바보 제자가 서쪽 루트였을 텐데."

아쉽다는 얼굴로 웃었다.

"직전에 바꿨구나? 뭐, 오차지. 여기 있는 꼬맹이들을 전부 인질로 잡으면 그걸로 끝이야."

릴리는 그 남자를 알고 있었다.

그의 인상을 클라우스에게 들었다.

"당신은—."

잠긴 목소리로 말했다.

"—기드 씨?"

클라우스의 스승이자 전멸했다고 알려진 『화염』의 일원.

원래대로라면— 살아 있을 리가 없다.

적국의 부지에 있으면 안 되는 존재였다.

"아~?"

기드가 뒤통수를 긁적였다.

"어떻게 내 이름을 알지?"

"선생님이 한 번 말해 줬었어요……."

"그렇군, 추억 얘기 말이지. 좋아. 정보가 샌 건 나뿐만이 아니니까."

그의 끈적한 시선이 릴리의 피부에 들러붙었다.

정보가 샜다—.

심장이 고동쳤다. 온몸에서 땀이 솟구쳤다.

"어째서 우리의 잠입 루트가 들통난 거죠……."

"눈치가 안 좋네. 나는 『화염』의 멤버, 즉, 원래 아지랑이 팰리스에 살던 사람이야."

기드가 수상쩍게 입꼬리를 비틀었다.

"—아지랑이 팰리스에는 도청기가 설치되어 있어."

그 말에 소녀들은 모든 것을 확신했다.

어째서 전설의 스파이팀 『화염』이 괴멸했는지.

어째서 클라우스가 없을 때 그 비극이 일어났는지.

모든 원인은 클라우스의 스승— 기드의 배신.

그와 동시에 자신이 직면한 위기도 이해했다.

클라우스가 한 번 얘기했던 정보가 옳다면—.

"너희의 계획은 대충 파악하고 있어. 잘 왔다. 여기가 지옥이야."

기드는 허리에서 동그란 물건을 꺼내 소녀들에게 던졌다.

◇◇◇

그 폭발음은 시설을 달리는 클라우스의 귀에도 들렸다.

연구소 서쪽에서 들려왔다. 소녀들이 잠입하는 루트 방향이었다. 누군가에게 들켜서 전투가 시작된 듯했다.

둔탁하게 울려 퍼지며 귀에 길게 남는 폭발음.

'스승님이 자주 쓰던 폭탄과 비슷해…….'

폭탄에도 종류가 있듯 폭발음에도 종류가 있다. 근소한 차이어도 클라우스는 구분할 수 있었다.

방금 울린 소리는 어떤 남자를 상기시켰다.

현재로서는 아직 확실한 증거가 없지만 문득 뇌리에 떠올랐다.

『화염』이 전멸한 날, 의혹이 남는 시신이 있었다.

클라우스의 스승— 기드.

그로 보이는 시신은 발견되었다. 하지만 손상이 심해서 본인인지 아닌지 단언할 수 없었다.

『화염』의 최강 전투원.

전투 기술로는 클라우스조차 능가하는 진짜 괴물이다—.

4장 거짓말과 탈환

연구소 서쪽 창고 옆, 가스탱크 보관소—.

기드가 던진 폭탄의 위력은 대단치 않았다. 소녀들 옆에 늘어선 가스탱크 때문에 강력한 화기는 쓰지 못했을 것이다.

하지만 폭발이 일으킨 바람은 릴리의 몸을 저릿저릿하게 만들었다. 꾹 참고서 배관 틈을 누비듯 도망쳐 저수조 뒤에 숨었다.

폭탄의 목적은 소리일지도 모른다고 릴리는 냉정하게 분석했다. 다른 사람에게 전투가 시작됐다는 사실을 알리는 신호. 누구에게 알린 것인지는 모르겠지만.

탱크 틈새로는 배관이 마치 거목의 가지처럼 종횡무진 뻗어 있었다. 흡사 숲 같았다. 다른 동료들도 이 배관 옆에 잘 숨었다.

기드는 탱크와 떨어진 곳에서 대기하며 쫓아오지 않았다.

"어쩌지?"

어딘가에서 백발 소녀의 늠름한 목소리가 들렸다.

"적이 이곳에 오면 총이나 수류탄은 쓰면 안 되겠지?"

청은발 소녀가 불손하게 대답했다.

"당연하지. 우리는 탱크가 얼마나 단단한지 몰라. 안에 든 게 가솔린이나 가연성 가스면 전원 폭사할 가능성이 있어."

"그럼 단검으로 싸우거나 도망쳐야 하는데—."

"둘 다 난이도가 장난 아니야……. 선생님의 선생님이잖아? 저 날라리."

그 잠깐 사이에 기드가 탁월한 스파이라는 것을 모두가 느꼈다. 싸워서 이기는 미래가 보이지 않았다. 심지어 접근전으로는.

릴리는 어떻게 대답하면 좋을지 알 수 없어서 입을 다물고 있었다.

근거 없는 격려는 특기지만, 구체적인 대책을 제안하는 건 자기 관할이 아니었다.

저수조 너머에서 정숙한 목소리가 들려왔다. 빨간 머리 소녀였다.

"도망치면 한 명씩 붙잡힐 거예요……. 다 같이 싸우는 게 최선이에요……."

반론은 없었다.

모두가 각오를 다졌다.

막무가내로 도망치면 멤버 중 누군가는 살아남을 수 있을지도 모르지만 전원 탈출은 바랄 수 없다. 물러 터졌다는 말을 듣더라도, 누군가를 내버릴 생각은 추호도 없었다.

기드도 소녀들의 의도를 헤아린 듯했다.

"7 대 1인가."

어딘가 고양된 웃음을 보였다.

"한 명씩 찍어 눌러 주마. 3분 후에는 전원 굴복일 거다."

3분.

최악에는 5분도 버티지 못할 거라고 예상했던 릴리는 그것이 안일한 상정이었음을 깨달았다.

기드는 등으로 손을 돌리더니 거기서 발도된 칼 한 자루를 꺼냈다. 스파이와는 어울리지 않는 칼이 그의 무기인 듯했다.

소녀 중 누군가가 침을 삼키는 소리가 들렸다.

기드가 몸을 낮추고 자세를 잡았다.

소녀들이 숨은 가스탱크 밀집지에서 기드가 있는 곳까지의 거리는 12m. 그의 운동 능력이라면 순식간이다.

몇 초간의 정적.

신호는 휘파람 소리였다.

소녀들은 일제히 잠복 장소에서 모습을 드러내고 각자 권총을 쐈다.

"접근시키지 마!"

흑발 소녀가 외쳤다.

"배관까지 접근하면 총을 쓸 수 없어!"

한 남자를 향해 총 일곱 개가 가차 없이 발포됐다. 망설임은 없었다. 여기서 대충 덤비면 죽는 건 자기 자신이다.

일반인이라면 벌집이 되어 즉사할 총격이었다.

여기서 끝장냈다면 얼마나 편했을까.

기드는 지그재그로 달리며 때로는 손에 든 칼로 총탄을 튕겨 대처했다. 겁먹은 모습 따위 보이지 않았고, 입가에는 미소조차 걸려 있었다.

눈 깜짝할 사이에 배관이 있는 곳까지 기드가 도달하여 소녀들은 사격을 단념했다. 여기서부터는 화기를 쓸 수 없다.

일곱 소녀는 동시에 뛰었다. 배관에 와이어를 걸고 이동하여 어둠에 몸을 숨겼다. 다행히 이곳은 탱크와 배관의 숲이었다. 숨을 장소는 부족하지 않았다.

기드는 다른 소녀에게는 눈길도 주지 않고 릴리를 쫓아왔다.

사자에게 쫓기는 토끼가 된 기분이었다. 릴리는 배관 위를 전력으로 달렸지만 기드는 그걸 웃도는 속도로 쫓아왔다.

따라잡힌다—.

그렇게 느낀 순간, 릴리의 귀에 휘파람이 들렸다.

함정 신호.

그 휘파람을 듣고 딱 2초 후, 릴리는 크게 도약했다.

"죄송하지만!"

릴리는 외쳤다.

"상위 실력자와 싸우는 건 일상다반사거든요!"

계획을 다시 짜는 것도, 즉석에서 판단하여 협동하는 것도 전부 계속 단련했다—.

릴리는 공중에서 전방으로 반회전하여 후방을 보았다.

기드는 칼을 쥐고 릴리를 쫓다가 정지했다.

그의 오른발에 무수한 와이어가 휘감겨 있었다.

누군가가 설치했을 것이다.

—부비트랩.

착지하여 하늘을 올려다보니 청은발 소녀가 중지를 세우고 있었다.

그 자리에서 움직이지 못하는 기드를 향해 다른 소녀들이 단검을 던졌다. 회분홍 머리 소녀가 스턴건을 들고 뒤에서 돌격하고 있었다.

완벽한 연계로 몰아붙였다. 오른발이 고정된 상태에서 상하좌우 가차 없이 달려드는 단검을 피할 수 있을 리가 없다.

"—너희들, 머리 나빠?"

냉소가 들렸다.

릴리는 그 광경을 보고 아연실색했다.

찰나였다.

기드의 오른발을 휘감고 있던 와이어가 갑자기 터지더니 달려든 소녀의 배에 그의 오른발이 꽂혔다. 기드는 소녀를 걷어차고 단검 공격도 간단히 피했다.

"그 트랩을 어느 나라에서 배웠지?"

기드는 오른발을 크게 휘둘러 소녀의 몸을 가스탱크에 처박았다. 회분홍 머리 소녀는 말로 표현할 수 없는 신음을 내며 지면에 쓰러졌다.

"내게 공화국의 기술은 통하지 않아."

냉철한 목소리가 울렸다.

내동댕이쳐진 소녀는 기드의 발치에 누운 채 일어나지 않았다.

"나머지 여섯 명."

소녀들은 그 광경을 올바르게 인식했다.

순진무구한 무드 메이커인 회분홍 머리 소녀— **아네트**가 탈락했다.

◇◇◇

갈가드 제국은 앤디 연구소에 공작원을 몇 명 배치했다.

생물 병기를 고려하면 더 많은 인원을 투입하고 싶은 거점이지만, 세계 각국에 적을 둔 제국에는 인적 여유가 없었다. 애초에 시설 수비는 정보기관의 영역이 아니었다. 연구소를 지키는 건 오로지 육군의 역할이었다.

제국의 스파이에게 있어 딘 공화국은 이미 끝난 나라였다.

위험한 『화염』은 괴멸했다. 스파이의 협력자 리스트도 손에 넣었다. 경계 대상은 『화염』의 생존자뿐. 연구소에서 그를 기다리다가 수많은 군인과 함께 함정에 빠뜨리면 된다. 그러면 나라를 통째로 수중에 넣을 수 있다.

갈가드 제국의 공작원— 이브는 연구소의 관리동에서 하품을 했다.

"있지~ 공화국 녀석들은 이미 다 죽었을까~?"

이브는 20대 중반의 여성 공작원이었다. 갈색 머리는 짧았고 생김새는 마치 소녀 같았다. 제국의 정보기관에서는 주로 방첩— 소위 비밀경찰로서 적 스파이 발견을 담당했다.

통신실에는 그녀 외에도 군인이 대기하고 있었다. 이브의 태평한 자세를 보고 인상을 쓰고 있었지만 그녀는 웃으며 무시했다. 어느 나라에서든 군인은 규율에 얽매이는 경향이 있었다. 사탕을 핥으며 통신을 기다리는 이브의 모습이 아니꼽게 보일 것이다.

하지만 군인은 말을 꾹 참고 있었다.

군대와 정보기관 사이에 명확한 상하 관계는 없다. 제국의 정보기관은 육군부와 상관없는 완전히 독립된 조직이었다. 하지만 정보기관이 육군부의 스캔들 정보를 점차 쥐게 되면서 어느새 공작원 측은 필요하다면 군인에게 얼마든지 명령할 수 있는 우열 관계가 형성되어 있었다.

"『청파리』가 서쪽 창고 부근에서 스파이와 접촉한 모양입니다."

한 청년 군인이 또랑또랑하게 대답했다.

"다른 부대도 동문 부근에서 적 스파이의 흔적을 찾았다고 연락이 왔습니다. 현재 추적 중입니다."

"흐응. 그럼 사전에 입수한 정보대로네."

이브는 의자에 고쳐 앉고 책상에 다리를 올렸다.

주위에 있던 군인들이 눈썹을 찌푸렸다.

"저…… 질문해도 되겠습니까?"

청년이 말을 걸었다.

"응?"

"딘 공화국의 생쥐에게는 어떤 승산이 있다고 생각하십니까?"

이브는 「음~」 하고 침음을 흘렸다.

"없지 않을까?"

"역시 그럴 리는 없지 않겠습니까."

이브는 깔보듯 콧방귀를 뀌었다.

"기드…… 아니, 지금은 『청파리』인가. 그 녀석이 제국에 붙은 시점에 딘 공화국 스파이의 모든 정보는 유출됐어. 적의 방식도, 강점과 약점도, 물론 이번 계획도 말이야."

"그렇다면 문제없이 대처할 수 있다는 겁니까……?"

"그 녀석, 원래 살던 곳에 도청기를 설치했어. 적은 도청기를 눈치채지 못한 채 거기서 생활했지. 그래서 이번에 잠입하는 스파이의 정보도 진즉에 파악할 수 있었어. 적은 일부러 풀어 뒀다는 것도 모르고서 가짜 정보를 입수하여 이곳에 왔어."

이브는 손가락을 딱 튕겼다.

"우리는 날아든 벌레를 죽이기만 하면 돼."

그들이 도망칠 장소에는 군인과 함정을 설치해 뒀다. 기다리고 있는 것은 파멸이다.

청년은 여전히 납득할 수 없는지 말을 이었다.

"하지만 『청파리』는 경계해야 할 남자가 한 명 있다고 했습니다."

"적의 보스 말이야? 아~ 하지만 문제없어. 그 녀석, 『청파리』의 제자래."

"제자……?"

"훈련으로 몇백 번을 싸웠다지. 하지만 단 한 번도 『청파리』는 지지 않았어. 이번에는 『청파리』에게 맡기는 한 틀림없이 이겨."

그건 『청파리』가 단언했다.

적은 『청파리』가 유년기부터 키운 상대다. 전투 방식도 전부 파악하고 있다.

"애초에 이번 계획은 그 남자를 확실하게 죽이기 위해 짠 거야. 적들은 우리의 손바닥 위에서 놀아났을 뿐이야. 지금부터 시작되는 건 일방적인 학살이야."

청년은 이야기를 듣고 깊이 한숨을 쉬었다.

"이쯤 되니 불쌍하다는 생각이 듭니다."

"으음~ 설명하고 보니 확실히 가엾네."

이브는 좋은 생각을 떠올렸다.

"내가 직접 나설까? 내 손으로 처리해 주는 거지."

주위에 있던 군인들이 당황했다.

"당신은 여기서 대기하셔야 합니다."

"응? 뭐야, 그 얼굴? 거역할 셈이야?"

"하지만……."

"허, 참."

이브는 군인들을 매섭게 노려보았다.

여자에게 무시당하여 참을 수 없었는지 청년이 결심하고 한 걸음 앞으로 나왔다.

"외람된 말씀이지만 이 연구소는 우리 군인들이 경비하고 있습니다. 유인한 스파이와 전투하는 것이라면 우리가 더—."

그는 말을 끝맺지 못했다.

그의 두꺼운 목에 실이 감겨 있었다. 실이 그의 목을 단단히 조였다. 그는 개구리 소리와 비슷한 비참한 소리를 냈다.

실은 이브의 손끝과 이어져 있었다.

이브는 실에 힘을 주며 고통스럽게 몸부림치는 군인을 내려다보았다.

"전투가…… 뭐 어쨌다고?"

이브보다 훨씬 체격이 큰 남자는 눈을 까뒤집고 있었다.

이브는 그 청년의 머리를 걷어찼다.

"있지, 네가 군대에서 얼마나 대단한 사람인지는 모르겠지만 군인의 시대는 한참 전에 끝났어. 병기로 학살하는 것밖에 못 하는 원숭이의 시대는 끝. 기술이 진보한 시대에 전쟁은 위험성도 높고 비용도 너무 많이 들어서 쓸모가 없어. 알겠니?"

그래서 스파이가 암약한다.

미사일도 전투기도 쓰지 않고 적국을 지배할 수 있는 인간이 중요시된다.

그걸 철저히 가르치듯 이브는 청년을 계속 걷어찼다.

"그저 단련했을 뿐인 그 몸에 무슨 의미가 있어? 적이 정면으로 덤벼든대? 암살. 모살. 독살. 그걸 막는 두뇌가 없으면 새로운 세계에서는 살아갈 수 없어."

군인이 의식을 잃기 직전에 이브는 실을 느슨하게 풀었다.

"자, 그럼 스파이들을 죽이러 갈까."

청년은 숨을 고르고 나서 이브를 막으려고 했다.

"기, 기다려 주십시오. 적도 일류 스파이이지 않습니까?"

"상관없어. 상관없어. 나는 말이지, 어둠 속에서 기습하면 절대 안 져. 비밀경찰로서 이 실로 적국의 스파이를 몇십 명이나 죽였어."

이브는 실이 휘감긴 손바닥을 쑥 내밀었다.

"『청파리』에게는 목이나 잘라서 보내 줘야겠다."

그렇게 웃었을 때, 통신실에 연락이 왔다. 침입자가 연구실이 있는 건물에 도착한 듯했다.

마침 잘 됐다. 자신이 암살하자.

경박한 태도를 보이고 있지만 이브는 방심하지 않았다. 권총을 움켜쥐고서 무슨 소리가 나면 움직일 수 있게 준비하고 있었다. 발소리를 죽이고 나아가며 적의 기척을 확인했다.

연구 시설의 분위기는 기계적이고 싸늘했다. 최첨단 리놀륨 바닥은 위생적인 반면 발소리가 잘 울리지 않았다.

이브는 슬쩍 실을 던져 자신의 지배권을 넓혀 나갔다. 당연히 실에서는 소리가 나지 않았다. 조명이 어두워서 둘러쳐진 실은 눈에 보이지 않았다.

이제 거미줄에 걸리는 나비를 기다리기만 하면 된다.

손끝에 가볍게 진동이 전달되었다.

'잡혔어……. 이 무게를 보면 성인 남성인가.'

실을 끌어당겨 꽁꽁 묶었다.

역시 대단한 적은 아니었다.

이브는 흡족하게 웃고서 사냥감을 총살하려고 실을 따라갔고—.

"아페."

목구멍에서 기묘한 소리를 냈다.

어느새 뒤에 남자가 숨어들어 있었다.

남자는 귀찮다는 듯 단검에 묻은 피를 닦았다.

이브는 무슨 일이 일어났는지 알 수 없었다. 열을 느끼고 목을 만졌다. 대량의 피가 흘러나오고 있었다. 목을 베인 것이다.

"뭐야, 잔챙이인가."

남자는 중얼거렸다. 나른하게.

그 광경을 믿을 수가 없었다. 이브는 확실히 누군가를 붙잡았을 터다.

그녀가 둘러친 실이 순식간에 끊어지고 역습당한 듯했다.

"제국도 일손이 부족한 모양이야. 감시인으로 이런 녀석밖에 못 두다니."

남자는 이브의 몸이 쓰러지기 전에 안아서 옷을 뒤졌다. 얻을 것이 없다고 판단하자 바닥에 팽개쳤다.

"너 따위를 상대하고 있을 여유는 없어. 조금 바쁘거든."

남자는 이브의 숨통을 끊지 않았다.

흥미를 잃은 것처럼 달리기 시작하여 이윽고 시야에서 사라졌다.

◇◇◇

"나머지 여섯 명."

기드의 목소리가 밤중 연구 시설에 차갑게 울렸다.

"아네트……!"

릴리의 머릿속에서 가설이 확신으로 바뀌었다.

거짓말이 아니다. 기드의 전투 기술은 클라우스급이다. 최악의 경우, 그 이상일지도 모른다.

함정을 해제한 기드의 몸놀림은 어딘가 클라우스와 비슷했다. 그는 틀림없이 클라우스의 스승이다.

릴리는 몸을 숨겼다. 심장이 꽉 조여드는 감각이 엄습했다.

한 달간 계속 도전하고서도 이기지 못했던 상대와 동등하거나 그 이상인 적. 심지어 이미 아군 한 명이 빠졌다.

릴리는 쓰러진 회분홍 머리 소녀를 자세히 보았다.

기드의 격렬한 일격을 맞은 그녀의 가슴은 희미하게 오르내리고 있었다. 숨을 쉬고 있었다.

"아직 살아 있—."

"죽이는 건 이류야."

기드의 발치에 쇠사슬이 절그럭대며 떨어졌다.

구속구였다. 기드는 그것을 회분홍 머리 소녀의 사지에 채우고 말했다.

"10초 내로 나와라. 그때까지 안 나오면 1초 지날 때마다 이 녀석의 손가락을 부러뜨리겠어."

릴리는 이를 악물었다.

스파이 세계에서 인질을 잡는 것은 치사한 일이 아니다. —아니, 치사하다는 개념이 없었다.

속여서 치는 것이 기본 스타일이었다. 망설이지 않고 인질을 잡는 판단은 역시 대단하다고 느꼈다.

시간이 흐르며 릴리의 뺨으로 땀이 흘렀다.

릴리는 그늘에 몸을 숨긴 동료와 시선을 맞췄다.

"선생님은 지금 여기에 없어요……."

릴리가 시선을 보냈다.

"저희가 구해 내요. 다른 방법이 없어요."

각오를 다졌다.

릴리는 배관 뒤편에서 살며시 모습을 드러내 정면으로 강적과 마주했다.

"판단이 빠르네."

기드가 감탄하며 한숨을 쉬었다.

"자주 칭찬받죠."

반대로 말하자면 다른 칭찬을 못 받지만— 지금은 잊어버리자.

뒤에서 흑발 소녀의 속삭임이 들렸다.

—릴리가 시간을 버는 동안 작전을 정비하자.

릴리는 어깨를 돌리며 긴장을 풀고 있는 것처럼 연기했다.

아무래도 자신은 여기서 기드가 다른 데 신경 쓰지 못하도록 하는 역할인 모양이다. 바라는 바다.

"하지만 실수했어."

상대도 승부를 서두르지 않았다.

"너희는 동료를 버리고 도망쳐야 했어. 붙잡힌 인간은 냉큼 자결해야 했어. 친구 놀이를 하며 살아남을 수 있는 세계가 아니야."

"공교롭게도 『인질은 다친 백조와 비슷하다』라는 가르침밖에 못 받아서요."

"……나는 좀 더 정성껏 가르쳤는데 말이지."

기드가 목덜미를 문질렀다.

릴리는 주먹을 움켜쥐고 적을 응시했다.

"다 같이 살아남기로 했어요."

동료를 두고 도주하길 택할 리가 없다.

"선생님과 저 같은 미소녀가 일곱 명 있어야 『등불』이에요. 무지개도 일곱 빛깔, 대죄도 일곱 개. 일곱이 완벽해요. 색욕 담당인 티아, 분노 담당인 지비아, 탐욕 담당인 저…… 이렇게 대죄의 배분적으로."

어둠 속에서 「누가 분노라는 거야」라며 백발 소녀가 태클을 걸었다.

이런 상황에서도 늠름했다.

그것이 든든해서 릴리는 표정을 누그러뜨렸다.

"여덟 명도 여섯 명도 기분 나빠요. 저희는 일곱 명이 다 같이 선생님과 돌아갈 거예요."

"그런 점이 물러 터졌다는 거야."

잡담은 이걸로 끝인 듯했다. 기드는 칼을 역수로 바꿔 잡아 인질을 겨눴다. 구속당한 회분홍 머리 소녀가 신음했다.

"덤벼."

—이대로 시간만 끈다면 인질을 죽이겠다.

말하진 않았지만 그런 뜻이 전해졌다.

"당신의 실력이 선생님급이라면—."

다른 소녀에게 눈짓했다.

"—지금 여기서 선생님을 뛰어넘어 주겠어요."

한 달간 줄곧 했던 일.

압도적 강자에게 약자가 연대하여 맞선다.

그 성과를 보여 줄 때라고 가슴에 새겼다.

한 번도 달성하지 못했지만 그 방법은 알고 있었다.

—속여 해치워라.

겹겹이 거짓말을 깔아서 0을 1로, 1을 5로 오인하게 만들고 허를 찌른다.

릴리 곁으로 빨간 머리 소녀가 걸어와 귓속말로 계획을 속삭였다. 릴리는 동의하는 대신 윙크했다.

소녀 중 누군가가 기드에게 폭탄을 던졌고 그것이 전투 신호가 되었다.

연막.

어둠 속에 흰 연기가 퍼졌다가 이내 사라졌다.

기드는 조금도 움직이지 않았다. 침착했다. 인질 곁에서 떨어지지 않았다.

연기가 걷힐 즈음에 소녀들은 이동을 마친 상태였다.

두 명이 뛰쳐나왔다. 백발 소녀와 청은발 소녀.

각각 글러브와 단도를 갖추고 양쪽에서 기드에게 덤벼들었다. 전투 기술로는 소녀들 중에서 양대 산맥이었다. 기드는 그녀들의 맹공을 칼로 수월하게 튕겼지만 그녀들도 아슬아슬하게 반격을 피했다.

백발 소녀는 당연히 거대한 배낭을 내리고서 응전 중이었다. 몸이 가뿐해진 그녀는 강철을 박은 글러브로 칼을 막았다. 청은발 소녀는 동료가 공격을 막은 틈을 타 솜씨 좋게 단도를 휘둘렀다.

하지만 그것도 점차 밀리기 시작했다.

기드의 낯빛은 여전히 평온했고 싸움을 즐기는 여유가 느껴졌다. 소녀들은 점차 방어 일변도가 되었다.

"윽."

백발 소녀가 신음하자 다른 소녀가 가세했다.

달려온 흑발 소녀는 재차 연막을 던졌다.

주위가 다시 연기에 휩싸였고 그 틈에 백발 소녀와 청은발 소녀가 일단 물러났다.

"귀찮네."

나직한 중얼거림이 들렸다.

기드는 표적을 바꿔서 인질 곁을 벗어나 달리기 시작했다. 대상은 흑발 소녀였다.

그녀는 황급히 후퇴했지만 배관이 가득한 길을 감속하지 않고 달리는 기드에게 따라잡혔다.

배관 위에서 발이 미끄러졌다.

"이런……!"

실수를 개탄하며 그녀는 지면으로 낙하했다.

낙하지점에서 기드가 칼을 들고 기다리고 있었다.

"이제 못 도망치겠군."

"……안 돼."

흑발 소녀는 쥐어짠 듯한 목소리를 냈다. 눈에 눈물을 가득 담고서 엉덩방아를 찧은 채 한심하게 후퇴했다. 몸을 지키듯 비틀고 있어서 그 굴곡진 몸매가 두드러졌다.

도주하다가 어딘가에 천이 걸렸는지 옷이 찢어져 허벅지가 노출되어 있었다.

그녀가 엉덩이를 끌 때마다 천이 찢어지며 요염한 다리가 드러났다.

"오지 마…… 오지 마……."

늘 용맹한 그녀와는 동떨어진 연약한 목소리였다.

"……."

기드의 반응은 냉담했다.

"적에게 알랑거리는 암컷 여우의 눈이야. 그렇게 해서 남자의 가학성을 자극하려는 건가?"

그녀는 우는 시늉을 뚝 멈췄다.

"이미 늦었어."

무수한 피아노선이 기드를 에워싸고 덮쳤다. 마치 거미줄처럼 짜인 함정이 이미 포위를 끝마친 상태였다.

물론 기드라면 베이기 전에 탈출할 수 있겠지만—.

"—극상이야."

추격타를 준비해 뒀다.

밤의 어둠 속에서 불쑥 나타난 남자가 위쪽을 차지했다. 피아노선 그물의 유일한 출구로 단검을 들고서 돌진했다.

그 남자는 기드도 무시할 수 없는 존재일 터다.

"이걸로 체크메이트다, 기드—."

"내가 변장을 간파하지 못할 것 같아?"

빈틈은 생기지 않았다.

갑자기 나타난 가짜 클라우스를 보고 조금도 동요하지 않은 채 피아노선을 절단. 진짜 클라우스의 발끝에도 미치지 못하는 느린 공격에 냉정하게 대처하고서 그 팔을 붙잡았다.

"크……."

클라우스로 변장한 소녀가 신음했다.

"훌륭한 변장이지만 그 녀석은 나를 『스승님』이라고 불러."

기드는 가짜 클라우스의 팔을 힘껏 휘둘러서 던졌다.

날아간 소녀의 머리가 지면에 쓸리며 쓰고 있던 마스크가 벗겨졌다. 한참 굴러간 후, 그녀는 땅을 짚고 일어나려고 했지만 힘이 다한 듯 쓰러졌다.

정숙하게 『등불』의 작전을 짜던 참모, 빨간 머리 소녀— **그레테**가 탈락했다.

"나머지 다섯 명."

기드가 빨간 머리 소녀를 구속했다.

그 동작에 걸린 시간은 불과 몇 초. 흑발 소녀가 도망치기에 충분한 시간은 아니었다.

기드는 몸을 끄는 소녀의 턱을 칼등으로 쳤다. 힘껏 친 것 같지는 않았지만 소녀는 의식을 잃은 듯 쓰러졌다.

고아하게 팀을 아울렀던 아름답고 어른스러운 흑발 소녀— **티아**가 탈락했다.

“나머지 네 명.”

그때 마침내 전투조인 백발 소녀와 청은발 소녀가 기드를 따라잡았다.

기드는 두 소녀의 공격을 빠져나가 가스탱크로 뛰어오르더니 마치 다음 사냥감을 찾는 것처럼 둘러보았다.

숨어서 상황을 엿보던 릴리와 눈이 마주쳤다.

“아까부터 두 꼬맹이가 나를 쫓고 있는데.”

칼끝을 겨눴다.

“큰소리치던 너는 뭐 하고 있지?”

“…….”

릴리는 달리면서 고개를 갸웃했다.

계획 수립도, 지휘도, 전투도 전부 다른 사람들한테만 맡기고 있었다.

“……응원?”

“성격 참 좋네.”

사람에게는 적성이 있으니 어쩔 수 없다.

그렇게 주장하고 싶지만 안타깝게도 시간이 없었다.

기드는 다음 타깃을 릴리로 정한 모양이었다. 벼락같은 속도로 릴리에게 육박했다.

회피 동작에 들어갈 수 없었다.

아름다우리만큼 군더더기 없는 그의 날아차기가 릴리의 어깨를 찍었고—.

"근성!"

—릴리는 기합만으로 그 발을 붙잡았다.

물론 릴리가 할 수 있는 일은 응원뿐만이 아니었다. 릴리에게는 유일무이한 무기가 있었다.

그녀의 전신에서 독가스가 방출되었다!

"가스……?"

기드가 일순 눈을 동그랗게 뜬 후 입을 다물었다.

"지금이에요!"

릴리는 기드의 다리를 끌어안고 외쳤다.

직후에 바로 뿌리쳐졌지만 이미 사명은 완수했다.

기드가 비틀거렸다.

전투에 뛰어난 두 소녀의 세 번째 공격. 백발 소녀가 늠름하게 「이제 좀 뒈져라」라며 달려들었고, 청은발 소녀는 불손하게 웃으며 단도를 찔렀다.

승부는 순식간에 갈렸다.

릴리의 예상과는 정반대 형태로—.

"나머지 세 명."

먼저 칼등으로 턱을 맞은 백발 소녀가 쓰러졌다.

"나머지 두 명."

이어서 그의 돌려차기를 맞은 청은발 소녀가 배관에 처박혔다.

늠름하게 늘 겁내지 않는 발언으로 팀을 이끌었던 백발 소녀— **지비아.**

불손하지만 우수한 실력으로 성과를 올렸던 청은발 소녀— **모니카.**

두 소녀가 탈락했다.

—웃기지 마.

릴리도 뛰고 있었다.

동료 두 명이 눈앞에서 얻어터지는 모습을 보고 격노하고 있었다. 무엇보다 이 천재일우의 기회를 놓칠 수는 없었다. 자신의 독이 통하지 않을 리가 없다.

기드는 감탄하며 릴리를 보았다.

"너는 특이 체질인가? 이 마비독 속에서 움직일 수 있다니."

"당신은 못 움직이겠지만 말이죠!"

단정 짓고서 단검을 잡은 채 몸통박치기를 먹이려고 했다.

하지만 기드는 수월하게 릴리의 단검을 막았다.

그 움직임은 조금도 둔하지 않았다.

"말도 안 돼……."

릴리는 아연실색했다.

"내 독이 안 통하다니……."

릴리의 특기인 이 독은 클라우스의 움직임조차 일시적으로 막았었다.

어째서 멀쩡할 수 있는 거지?

"아~ 통했어. 바로 입을 다물었지만 솔직히 꽤 힘들어. 봐, 손끝이 마비됐어."

기드는 과시하듯 손을 흔든 후에 꽉 움켜쥐었다.

"그래서— 그것만으로 나를 이길 수 있을 줄 알았어?"

"릴리 선배, 도망치십쇼!"

그때, 뒤에서 목소리가 들렸다.

울상을 지은 소녀 한 명이 튀어나와 기드의 뒤에서 달려들었다.

"제가 시간을 버는 사이에—."

"닥쳐."

말을 끝내기도 전에 그녀 또한 칼에 희생되었다. 그 신속한 칼 앞에서는 몇 초도 버틸 수 없었다.

소심하게 누구보다도 위기감을 품었던 걱정 많은 갈색 머리 소녀—**사라**가 허무하게 탈락했다.

"나머지 한 명."

도망칠 것인가, 맞설 것인가.

그런 한순간의 망설임조차 치명적이었다.

릴리의 발이 앞으로 움직인 순간에 기드는 코앞으로 이동해 있었다.

주먹이 릴리의 배에 깊이 꽂혔다.

"이걸로 끝."

그는 짧게 선고했다.

한 달간 소녀들은 노력했다.

훈련은 배반하지 않는다. 확실하게 강해져서 한 달 전보다 비약적으로 수준이 올랐다. 클라우스가 내다본 재능을 개화시켰다.

하지만— 불과 한 달.

기드는 20년 이상 스파이 세계의 제일선에서 살았다. 훈련을 빼먹은 날이 없었고, 실전 경험은 소녀들의 몇십 배나 쌓았다.

그 결과가 나온 것에 불과했다.

단적으로 말하자면— 상대조차 되지 않았다.

"나머지 0명."

엄숙한 선고가 귓가에 남았다.

릴리는 무릎을 꺾으며 무너졌다.

◇◇◇

클라우스는 달리고 있었다.

아까 들었던 폭발음이 신경 쓰였다.

초조한 마음에 1초라도 더 빨리 연구소를 뛰었다.

—서둘러야 한다.

—자신은 두 번 다시 동료를 잃을 수 없으니까.

클라우스는 유리창을 발로 깨고 일단 시설 밖으로 뛰쳐나갔다. 3층이었다. 와이어를 날려서 인접한 건물 옥상에 걸고, 그 창문을 깨부숴서 내부에 침입했다. 요란한 이동은 좋아하지 않지만 어쩔 수 없었다. 지름길이다.

소녀들이 일류 스파이와 싸워서 얼마나 버틸 수 있을까.

아니, 적이 일류 스파이 정도라면 그나마 괜찮다.

'만약 아이들이 그 남자와 싸우고 있다면…….'

소녀들을 구하려면 빨리 움직일 수밖에 없다.

최악의 가능성을 상정하자 다리는 더 빨리 움직였다.

하지만 그것을 저지하듯 커다란 문이 복도를 막고 있었다. 금속제 문. 클라우스는 피킹 도구를 꺼내 문으로 달려갔다. 하지만 그 문에는 열쇠 구멍으로 보이는 것이 없었다.

뒤에서 낮은 목소리가 들렸다.

"그 문은 열리지 않아. 네놈의 피킹 기술은 상관없어. 단순한 벽이야."

돌아보자 한 중년 남자가 서 있었다. 차림새를 보아하니 숙련된 공작원이었다. 그의 곁에는 군인이 네 명 늘어서 있었다.

또 새로운 방해꾼이 온 모양이다.

클라우스는 문을 차올려 봤지만 꿈쩍도 하지 않았다. 발에 전해지는 진동을 보건대 정말로 벽인 듯했다.

중년 남자가 자랑스러워하며 말했다.

"네놈은 최단 루트로 가스탱크 보관소에 가고 싶겠지? 부하를 구하러."

"흐음, 내 성격을 아나?"

"어떤 분에게 들었지. 그리고 네놈들의 행동은 전부 우리 수중에 있어."

무엇이 재미있는지 그는 껄껄 웃었다.

"네놈의 부하가 손에 넣은 지도는 가짜다. 이곳은 막다른 곳이야."

"……."

"이곳이 함정이라는 걸 이제야 눈치채다니. 어리석은 남자야."

상대는 고개를 절레절레 저으며 어깨를 으쓱였다.

그리고서 다시 껄껄 웃었다.

"꼴사납군."

귀에 거슬리는 목소리였다.

"네놈은 교관도 겸하고 있었지? 우리 제국이 전부 파악하고 있다는 것도 모르고 가짜 정보를 입수하고서 기뻐하는 네 제자의 모습은 아주 우스웠어. 스파이 놀이는 필시 즐거웠겠지."

"……."

"그 제자들은 애초에 양성 기관의 낙오자들이라던데. 열등생의 벼락치기로 우리를 속일 수 있을 거라고 꿈꿨나?"

"……."

"그 지도력 부족을 후회해라."

문을 본뜬 벽 앞에는 창문이 없어서 완전히 막다른 곳이었다.

중년 남자 옆에 늘어선 군인들이 일제히 기관 단총을 겨눴다. 아무것도 없는 일직선 복도에서 가장 효과적인 무기였다.

남자는 오른손을 들고 냉혹한 선고를 내리려고 했다.

"자, 냉큼 죽—."

"놀아 줄 여유도 없어."

정보를 흘리기를 기대했는데 남자가 내뱉는 것은 엉뚱한 매도뿐이었다. 상대할 가치도 없었다.

중년 남자와 군인의 발밑에서— 불이 크게 솟구쳤다.

폐쇄된 복도에서 일어난 불길은 공간을 뒤덮어 도망칠 새를 주지 않고 남자들을 삼켰다. 사전에 한계까지 거리를 벌리고 방화 가공된 정장을 몸 앞에 펼친 클라우스만이 그 폭풍에서 벗어났다.

불길은 순식간에 사라졌지만 군인들은 의식을 잃었다.

동료를 방패로 삼은 중년 남자만이 살아남은 듯했다. 몸에 붙은 불에 비명을 지르며 클라우스를 노려보았다.

"포, 폭탄……?"

"함정에는 일부러 걸렸어."

클라우스는 다시 정장을 입고 한숨을 쉬었다. 너무 허무했다.

중년 남자는 믿을 수 없다는 듯 눈을 부릅뜨고 있었다.

"이상해…… 이브의 실도 그렇고, 왜 네놈은 함정을 알아차릴 수 있지……?"

"그냥 안다고 대답해도 좋겠지만. 뭐, 살짝 머리를 썼지."

"약소국의 공작원 따위가……."

남자는 뒷걸음질 치기 시작했다. 하지만 곧장 발이 엉켜 자세가 무너졌다. 폭발에 발을 다친 듯했다.

"여, 여기를 넘어가도 네놈은 어차피 죽을 뿐이야."

침을 튀기며 남자가 아우성쳤다.

"미숙한 부하들과 함께『청파리』에게 도륙당해라!"

위세가 좋았다. 이렇게까지 완패하고서도 아우성칠 수 있다니.

하지만 그런 헛소리에 감탄할 여유는 없었다.

"너무 짖지 마."

무기 하나를 꺼내 남자에게 다가갔다.

"힉……!"

"지금부터 할 작업은 내 특기가 아니야. 그러니 내 감정을 자극하지 마."

남자의 표정이 순식간에 창백해졌다.

클라우스가 꺼낸 무기는 두껍고, 거무칙칙하고, 그리고 제대로 자를 수 없을 만큼 이가 빠진— 고문용 단검이었다.

◇◇◇

릴리를 해치운 후, 기드는 고개를 저으며 한숨을 쉬었다.

'너무 허무하군……. 몇 분도 못 버텼어.'

신기했다. 소녀들은 정말로 자신을 이길 수 있다고 믿었던 걸까? 한 달간 클라우스를 습격했어도 당해내지 못했는데, 그 스승인 자신을 상대로 어떤 승산이 있었던 걸까.

때려눕힌 소녀들에게 수갑을 던졌다. 수갑은 소녀들에게 닿자 살아 있는 생물처럼 사지를 휘감아 구속했다. 결박하지 않아도 움직이지 못하겠지만 혹시 몰랐다.

릴리에게 수갑을 던지려고 했을 때, 통신기가 울렸다.

《『청파리』, 그쪽은 어떻습니까?》

동료의 호출이었다.

귀에 익지 않는 코드 네임을 불쾌하게 여기며 손가락에 수갑을 걸고 돌렸다.

"대충 끝났어. 침입자 대부분을 행동 불능으로 만들고 포박 중."

《역시 대단하네요.》

"클라우스는 찾았나?"

《5분쯤 전. 동료가 B동에서 발견했지만 놓친 모양입니다. 협박당해 정보를 전부 불었을 가능성이 커요.》

눈이 동그래졌다.

잠입 중인 클라우스의 움직임은 하나하나 보고받고 있지만 예상보다 훨씬 빠르게 행동하고 있었다. 군인들만으로는 쫓을 수 없는 듯했다.

'여기 도착할 때까지 앞으로 7분…… 아니, 5분인가.'

습격받아도 이길 자신은 있지만, 자만심만큼 위험한 것은 없다.

클라우스의 실력과 재능은 잘 알고 있었다.

"……얼른 전원 못 움직이게 해 둬야겠네."

기드는 마무리로 쓰러진 소녀에게 수갑을 던졌다.

"으랴아!"

그 수갑이 튕겨졌다.

시선을 옮기자 한 소녀가 자신을 노려보고 있었다.

은발 소녀— 동료가 릴리라고 불렀던가.

“정정…… 여전히 한 명 남은 상태인가.”

기드는 카운트다운을 고치고 말했다.

“저항하지 마. 움직일 때마다 몸이 비명을 지를 테지.”

릴리의 간을 정확하게 찍었다. 확실하게 맞으면 혈류가 간에 모여서 온몸의 체력을 순식간에 빼앗는다. 탈력 상태에서 억지로 몸을 움직이면 근육에 어마어마한 부담이 갈 터다.

“……저희를 죽이지 않는 건가요?”

“뭐? 안 죽여.”

기드는 손을 작게 내저었다.

“걱정하지 마. 지금 당장 죽일 생각은 없으니까 안심하고 자.”

“—그럼 더더욱 자고 있을 수 없네요.”

그러고서.

릴리는 불안한 발걸음으로 일어나기 시작했다. 상체를 크게 흔들며 일어나려고 무릎을 뻗었다. 도중에 넘어졌지만 포기하지 않고 다시 일어나려고 했다.

“어째서 일어나지? 너는 나를 못 이겨.”

“당신의 목적이 뭔지 알았어요…….”

릴리는 하얀 이를 내보였다.

“선생님이죠? 목적은, 처음부터…….”

“음, 정답이다.”

박수를 보냈다.

비아냥이 아니라 솔직한 칭찬이었다.

"네 말이 맞아. 제국에 있어서 생물 병기와 마찬가지로 중요한 사항이거든."

물론 최강의 억지력이 되는 『나락 인형』은 절대로 사수하라고 엄명을 받았다. 제국의 정치가에게 군사력은 권력을 지탱하는 힘이다. 전쟁 자체는 효율이 나빠도, 전쟁을 암시하여 적국을 협박하는 행위는 여전히 중요시되었다.

하지만 정보기관 입장에서는 생물 병기보다 훨씬 위협이 되는 존재가 있었다—.

"가르쳐 주마. 『화염』이 괴멸한 날, 다른 임무를 수행하던 그 녀석도 죽을 예정이었어."

당일 클라우스가 다른 곳에 있었던 것은 기드의 자비가 아니었다.

그 남자만큼은 개별적으로 함정에 빠뜨려야 죽일 수 있다. 같이 처리하려고 했다가는 오히려 『화염』 멤버를 구출할지도 모른다. 그렇게 판단했기 때문이었다.

"그런데 살아남았지. 제국의 스파이를 몇 명이나 해치우고 말이야. 제국 입장에서 그 녀석은 최우선 말살 대상이야."

모두가 암살을 확신했던 상황에서도 그 남자는 살아남았다.

인간이라는 생각이 안 들었다. 클라우스는 기드를 『괴물』이라고 부르지만, 기드에게 클라우스는 그 이상이었다.

제국에 너무나도 위험한 존재였다.

"하지만 끝이야. 스승인 내가 단언하지. 아무리 클라우스가 대단해도 이번에는 **확실하게 죽어.**"

그걸 위한 준비는 완벽하게 갖췄다.

기드는 하늘을 향해 권총을 쐈다. 총성이 밤하늘에 울려 퍼졌다. 아마도 이 소리는 클라우스의 귀에도 들릴 터다.

"그 녀석은 총성과 폭발음을 듣고 이곳으로 올 거야. 동료가 일곱 명이나 인질로 잡힌 상황에서 내게 도전하러 오겠지. 전투로는 절대 이길 수 없는 상대에게 불리한 조건으로 용맹하게 맞서고— 목숨을 잃는 거야."

그 설명을 듣고 릴리는 웃었다.

"하하, 정말로 올까요……? 의외로 저희 따위 버리고서—."

"올 거야, 그 바보 제자는."

그것만큼은.

스승인 자신이 단언할 수 있다.

"동료를 절대 버리지 않아. 모든 걸 내던지고, 어떤 함정이든 빠져나와서 반드시 동료 곁에 도달해— 내 제자는 그런 남자야."

속고 속이는 세계 속에서도 자신의 정의를 굽히지 않는다.

소녀를 버리고 살아남을 바에야 목숨 걸고 구조하는 걸 우선한다.

"그렇겠죠~ 아하하, 뭔가 공감돼요. 반드시 올 것 같아요."

릴리는 한숨을 쉬며 하늘을 올려다보았다.

"—그리고 분명 저희를 감싸고 죽겠죠."

"그 녀석은 동료를 너무 생각해. 그 약점을 찌르면 의외로 그 남자는 공략 가능해."

"우와~ 방법이 없네요~ 선생님이 오면 선생님이 죽고, 선생님이 안 오면 저희가 죽어요. 절망적이야!"

헤헤, 소녀는 슬며시 웃었다.

"그렇다면 역시 제가 맞서야죠."

그렇게 말하고서.

릴리는 다리를 후들거리며 힘껏 일어났다.

"선생님이 여기 와서 죽을 거라면, 그러기 전에 제가 쓰러뜨려야죠."

"무리라는 걸 너도 알잖아?"

기드는 손에 든 단검을 가볍게 던졌다.

릴리는 그 단검을 튕겼지만 균형이 무너져서 다시 넘어졌다. 아직 다리에 힘이 돌아오지 않은 듯했다.

"너한테 승산은 없어. 어째서 일어나지?"

코웃음 쳤다.

현실을 보지 못하는 소녀의 집념을 젊은 혈기라고 칭찬하는 감각은 없었다. 있는 것은 조소였다.

"안락하니까요."

릴리가 나직이 말했다.

"……뭐야, 그게?"

"제가 분발하는 이유예요."

릴리의 목소리에 힘이 실리기 시작했다.

"당신은 모르겠죠. 매일 다 같이 선생님을 타도할 작전을 짜는 즐거움을. 반성회를 열다가 진짜로 싸우던 밤을. 이 동료들과 함께라면 좀 더 리더로서 분발하고 싶다는 생각이 들었던 정열을— 동료를 배신한 당신이 이해할 수 있을 리가 없어요."

릴리는 일어나서 침을 뱉었다.

"불쌍한 놈."

"……."

도발하는 건가.

릴리의 눈동자에는 멸시의 감정이 짙게 담겨 있었다.

물론 그 정도 헛소리에 일일이 화가 나지는 않았다. 자포자기에 빠진 스파이의 발악에 일일이 귀를 기울일 필요는 없다.

"불쌍한 건 너희야."

기드는 비웃었다.

"안락하다고? 그렇겠지. 낙오자가 모여서 서로의 상처를 위로하고, 호화로운 저택에서 지냈으니 아주 행복했을 거야. 지키고 싶겠지. 하지만 그렇게 어울린 결과가 전원 인질로 잡혀서 클라우스의 발목을 잡는 현실이잖아."

아직도 모르는 건가. 불쾌하게 느껴졌다.

소녀들이 신세를 망친 건 미적지근한 동료 의식 때문인데.

갈무리했던 칼을 움켜쥐었다.

"끝이다."

칼등으로 릴리의 배를 힘껏 쳐올렸다. 릴리가 방어할 수 없는 속도였다.

릴리는 배관에 등을 부딪치고 입에서 피를 토했다.

"잘 봐 둬. 낙오자들끼리 어울린 결과를. 동료를 위해 죽는 남자의 최후를."

"윽……."

릴리가 공허한 목소리로 말했다.

"선생님, 안 돼……. 죽을 거야……. 오지 마세요……."

"그 남자는 온대도."

동료를 버리지 못해서, 적을 이길 수 있는 상황이 아님을 알아도 도망치지 않는다. 임무보다도 동료의 목숨을 우선하는, 스파이로서 치명적으로 소질이 없는 남자다.

슬슬 통신을 받은 지 5분이 지난다.

애잔한 소녀를 방치하고 그 남자는 어디서 딴짓을 하고 있는 건지.

아니면 상황을 살피고 있나?

"뜸 들이지 말고 얼른 와라…… 바보 제자놈……."

이런 소녀가 혼자 싸우도록 하고서.

"어차피 근처에 있지? 빨리 와……. 너의 적은 여기에 있다!"

공연히 화가 났다.

그 남자는— 자신이 거둬서 키운 남자는 이토록 우둔한 남자였나?

"네 가족을 죽인 남자는 여기 있다!"

어두운 밤에 쩌렁쩌렁 울리는 음량으로 기드는 외쳤다.

"넘어야 할 스승이 있다!"

한 번 더 외쳤다.

"제자가 목숨을 걸고 있어!"

목소리가 탱크에 반사되어 메아리쳤다.

하지만 그 이상의 소리는 들리지 않았다.

오만한 목소리도, 살금살금 다가오는 발소리도 없었다.

이상했다.

5분은 진작에 지났을 텐데—.

"—어째서 그 녀석은 안 나타나지?"

"기드 씨, 그런데……."

릴리가 목소리를 냈다.

기드는 소녀를 내려다보았다.

그리고 등골이 오싹해졌다.

소녀는 눈물짓던 표정을 지우고, 수명을 선고하는 사신 같은 섬뜩하고 메마른 눈으로 쳐다보고 있었다.

이해가 되지 않았다.

클라우스가 오면 클라우스가 죽는다.

클라우스가 안 오면 소녀가 죽는다.

소녀들에게는 절망적인 상황일 터—.

"—이 놀이에 언제까지 장단을 맞춰 주면 되나요?"

어째서 소녀는— 웃고 있지?

그때, 통신기에서 목소리가 들렸다.

《—극상이야.》

잘못 들을 리가 없었다.

그것은 제1통신실— 즉, 연구실 바로 옆방에서 전달된 음성이었다.

클라우스는 **소녀들을 구조하러 오지 않고 임무를 우선했다.**

◇◇◇

임무 직전, 결기 대회 밤—.

클라우스는 해산 후에 릴리를 방으로 불렀다. 어째선지 뺨을 붉히고 있는 릴리의 얼굴을 보고 오해를 알아차렸지만 귀찮아서 무시하고 용건을 전했다.

“네게는 가장 위험한 일을 부탁하고 싶어.”

릴리는 당황해서 늘 그렇듯 까부는 척을 하고 얼빠진 발언을 했지만, 마지막에는 동료를 위해서라면 하겠다고 승낙했다.

동료를 향한 그 순수한 애정은 위험하다고도 느꼈으나 릴리의 매력 중 하나였다.

그런 릴리에게 기대하며 작은 목소리로 고했다.

“아마도 제국은 우리를 일부러 풀어 두고 있어.”

"예?"

"**사전에 전달했지만** 아지랑이 팰리스의 대화는 도청되고 있었어. 움직임은 대충 파악하고 있겠지. 너희가 긁어모은 정보는 적이 미리 준비한 더미야. 지금 당장 불태워도 돼."

"엇, 그럼 저희가 노력한 건?"

"의미 없어."

"단언이라니!"

릴리가 초연하게 어깨를 떨궜다.

꽤 충격을 받은 듯했다.

"냉정하게 말하자면 미숙한 너희가 한 달 노력한 정도로 일류 스파이를 이길 수는 없어. 심지어 내 조잡한 수업으론."

소녀들의 성장은 인정한다. 하지만 양성 기관에서 낙제 직전이었던 그녀들이 갑자기 일류 스파이들과 경쟁할 수 있는 수준이 되지는 못한다. 이것만큼은 어쩔 수 없다.

릴리는 슬퍼하며 머리를 감쌌다.

"이제 와서 그런 정론을 말씀하셔도……."

"하지만 그거면 돼. 우리는 무지한 척 잠입할 거야."

"그래서 어떻게 생물 병기를 회수하려고요?"

"아무것도 모른다며 깔보고 있는 적은 나를 함정에 빠뜨릴 거야. 사전에 예상 가능하면 대처도 가능해. 나는 접촉해 오는 적에게 반격하여 반대로 정보를 뺏을 거야."

"그거, 선생님이 무진장 힘들 것 같은데요……."

사실이지만 그것도 어쩔 수 없다.

다행히 한 달간 자신은 소녀들의 함정 공격을 계속 받았다. 준비 운동으로는 충분했다.

"너희는 어떤 적을 속였으면 해."

"음? 양동 작전인 거죠?"

"그래. —약자로 위장하여 허를 찌른다. 그게 너희의 진짜 임무야."

결국 그녀들을 모은 이유도, 단련한 이유도 한마디로 정리되었다.

그 남자가 배신자일 경우, 혼자 힘으로는 완수할 수 없다.

"으음~ 잘 모르겠지만~."

작전을 자세히 전하자 릴리는 뺨에 손가락을 대고 작게 고개를 갸웃했다.

작위적인 요망한 포즈였다.

"즉, 저희를 비웃으며 뒤에서 깔보고 있는 제국 스파이에게, 한 달간 단련한 거짓말과 노력과 팀의 유대를 전부 담아서 크게 한 방 먹여 코를 납작하게 만들고 꼴 좋다고 말해 주면 되는 건가요?"

릴리의 입꼬리가 휘었다.

"뭔가— 무진장 기분 좋을 것 같네요."

억세고 뻔뻔한 정신을 가진 릴리이기에 신뢰할 수 있었다.

클라우스는 고했다. 진지하게, 힘 있게.

"속여 해치워. 우리가 벌인 속임수 싸움의 성과를 보여 줘라."

◇◇◇

《스승님, 들려……? 오랜만이야.》

제자의 목소리가 들렸다.

통신기에 켜진 램프를 보고 기드는 통신처를 알았다.

'제1통신실……?'

연구소 남단, 생물 병기가 있는 곳 옆이다. 기드가 있는 장소와는 멀리 떨어져 있었다. 클라우스에게 제압당했나.

《지금 막 생물 병기를 확보한 참이야. 그렇게 보고해 둘게.》

기억하는 대로 감정이 부족한 담담한 말로 클라우스가 전했다.

제1통신실이라는 정보를 안 순간부터 그 사실은 예상했다. 놀랍지는 않았다.

문제는 이 남자가 소녀들을 구조하지 않고 연구실에 갔다는 사실이었다.

"설마 네가 동료의 목숨보다 임무를 우선할 줄은 몰랐어. 놀라운데."

솔직하게 감상을 전했다.

기드는 클라우스가 주저 없이 이곳에 오리라고 내다봤었다.

예상외지만— 대처할 수 있는 범위이기도 했다.

"5분 내로 나한테 와. 안 오면 소녀들을 순서대로 죽이겠어."

결국 소녀의 목숨을 손에 쥐고 있는 이상, 형세는 바뀌지 않는다.

클라우스는 확실하게 온다. 그리고 죽는다.

《아니—.》

클라우스는 말했다.

《—나는, 안 가.》

"뭐?"

귀를 의심했다.

얼빠진 목소리가 입에서 나왔다.

《임무는 달성했어. 나는 이대로 돌아갈 거야. 달려가 봤자 전투로 당신을 이길 수 있을 리가 없지. 내 목숨을 가장 우선하겠어.》

마치 잡담이라도 끝내는 것처럼.

클라우스는 담담하게 설명했다.

《「제자의 위기」, 「적은 배신자」, 「죽었을 터인 스승」, 용케 이렇게까지 갖춰졌다 싶어서 감탄스럽지만, 안타깝게도. 나와 당신이 싸울 일은 없어.》

"……무슨 말을 하는 거지?"

《당신은 생물 병기를 지키는 것도, 나를 살해하는 것도 실패했어. 그 이상도 그 이하도 아니야.》

상대가 평범한 스파이라면 그건 올바른 판단이다. 동료를 버리고 임무 달성을 중시해야 한다.

하지만 상대는 절대로 그런 결론을 내리지 않을 남자다.

클라우스는 동료를 버리지 않는다. 그렇기에 짠 계획이었다.

"두 번 말하게 하지 마. 5분 내로 시설 서쪽으로 와라. 안 온다면 소녀들을 죽이겠어."

《두 번 말하게 하지 마. 나는 안 가.》

"소녀를— 동료를 버리는 건가?"

《그래.》

"제국은 포박한 소녀들을 망설이지 않고 고문할 텐데?"

《배를 때리는 걸 추천해.》

이쯤 되니 꺼림칙했다.

왜 이렇게 태연하지?

동료의 목숨이 위험한데 어째서 여유를 보일 수 있지?

식은땀이 등을 타고 흘렀다.

아지랑이 팰리스에서 주고받은 대화는 부하가 도청했다. 공동생활 넷째 날, 클라우스는 너희를 죽이지 않겠다고 소녀들에게 맹세했다. 그 약속이 거짓말이었다는 건가? 소녀를 속이고서 사지로 보낸 거라고?

아니— 그런 결단을 저 남자가 택할 리 없다.

누구보다도 클라우스를 잘 아는 자신이기에 단언할 수 있었다.

《다만 스승님, 당신은 크게 착각하고 있어.》

"응?"

혼란스러워하는 가운데, 메마른 땅에 물이 스며들듯 클라우스의 말이 뇌에 들어왔다.

《나는 『화염』 멤버의 배신을 상정하고 있었어. 그 사람이 당신이라니 놀랐지만, 누군가가 배신해서 『화염』이 괴멸했다고 확신하고 있었어.》

"증거는 없잖아. 어떻게 알았지?"

《그냥 알았어.》

"……네가 얼마나 무능한지 깜빡했다."

《굳이 이유를 들자면 당신이 설치한 도청기를 발견했기 때문이겠지. 그리고 『화염』의 우수한 스파이들이 전멸하려면 생각할 수 있는 건 내부 배신뿐이었어.》

도청기를 발견했다고?

그게 의미하는 바는, 즉—.

《그래서 우리의 행동은 전부 「배신자의 도청」을 전제로 한 것이었어.》

"행동 전부가……."

《예를 들어 이런 규칙이 있었지. 「특별한 능력은 반드시 아지랑이 팰리스 밖에서 사용할 것」.》

퍼뜩 떠올랐다.

도청을 맡은 부하가 말하길, 소녀들은 처음 저택에 왔을 때 당황했다고 한다.

『규칙㉗ 외출 시에 진심을 다할 것』이라는 기묘한 문장 때문에.

《소녀 중 한 명이 독을 쓴다는 걸 당신은 몰랐을 테지.》

"……윽."

《그래, 당신은 소녀들의 능력을 파악하고 있는 것 같지만 전혀 몰라. 아무리 당신이 대단해도 「양성 학교의 극비 천재」를 알 리가 없어.》

클라우스는 크게 소리를 높였다.

드높이, 자신의 우월함을 과시하듯.

《즉, 내가 갈 필요도 없어. 단언하지. 당신은 소녀들에게 져.》

"뭐?"

《당신이라도 이길 수 없어. 그 아이들은 전부 나를 뛰어넘는 천재들이야.》

발언 전체를 이해할 수 없었다.

클라우스는 소녀를 버린다. 소녀들은 기드를 때려눕힌다.

엉망진창이다. 허황된 이야기로만 들렸다.

눈앞에서는 릴리가 여유로운 웃음을 머금고 있었다.

"……하하, 시간 벌기는 끝이네요."

"시간 벌기……?"

"슬슬 진짜 진짜 진짜 실력을 보여 드리죠. 공화국의 잠자는 기린아, 릴리 각성이에요."

지금껏 적당히 봐줬다는 것처럼.

소녀는 다시 한번 일어나려고 했다. 몇 번이나 깨졌음에도 불구하고.

그 강한 집념은 어디에서 오는가.

"……『양성 학교의 극비 천재』는 개뿔. 내가 너를 모르는 건 단순히 낙오자이기 때문이잖아? 성적 우수자는 전부 파악하고 있어."

"그, 그렇지는 않거든요……?"

낙오자인 모양이다.

클라우스의 말은 거짓말일 것이다. 그를 뛰어넘는 괴물이 일곱 명이나 있어서야 되겠는가.

'……하지만 모르겠어. 이 소녀에게는 승산이 없어. 그런데 어째서 바보 제자는 도와주러 안 오지?'

눈치 싸움인가? 아니, 틀림없이 책략이 있다.

하지만— 기책 정도로 자신을 이기려는 건가?

"제2통신실……."

다른 통신실로 연결했다.

"클라우스의 통신은 제1통신실에서 보낸 게 틀림없나?"

《네, 그렇습니다. 클라우스는 통신병을 기절시키고 제1통신실을 점거했습니다. 급히 달려갔지만 움직일 기미는 없습니다.》

통신실에 배치한 공작원이 말했다.

《클라우스는…… 당신과 멀리 떨어진 곳에 있습니다.》

"어떻게 된 거야……."

원군도 없다. 잔꾀가 통할 실력 차가 아니다.

가능성은 둘.

1. 릴리가 기드도 파악하지 못한 딘 공화국의 극비 천재다.

2. 클라우스가 소녀들을 버렸다.

전자는 틀렸다. 싸워 보면 안다. 실력을 인정할 부분은 있지만 아직 흠이 많다.

그럼 후자인가? 하지만 그토록 동료를 소중히 여기며 지켰던 남자가?

"바보 제자는…… 변해 버린 건가……? 동료를 돕지 않고—."

"—도움 따위 필요 없어요."

기드의 말을 막고서.

릴리는 쌀쌀맞게 미소 지었다.

"언제까지 저를 「결국 도움받는 공주님계 히로인」으로 착각하실 거죠? 저는 건방지고 억세고 멋있는 미소녀 리더님이에요."

릴리는 용맹스럽게 두 발로 서 있었다.

"이 『등불』에서 찾았어요. 낙오자인 제가 활짝 피어날 방법을. 그러니까 저는 리더로서 팀원 모두의 힘을 당신에게 때려 박아 주겠어요!"

말이 굳건했다.

궁지에 몰린 상황에서도 강한 의지를 눈에 담고 있었다.

"낙오자가 까불지 마……."

"얕보다간 큰코다칠걸요?"

릴리는 두 팔을 크게 벌렸다.

"코드 네임 『화원』— 미쳐 만발할 시간이에요."

스파이로서는 문제가 아닐까 싶을 만큼 당당하게 이름을 밝혔다.

변화는 현저했다.

릴리의 몸에서 꽃이 피듯 뭔가가 부글부글 생겨났다.

"거품—?"

기드는 신음했다.

릴리의 몸에서 방출된 것은 대량의 거품이었다.

옷자락에서, 목깃에서, 단추 틈새에서, 치마 밑에서.

옷의 온갖 틈에서 비눗방울이 발생하여 릴리 주위에 떨어졌다. 지면에 떨어진 거품은 쉽게 튕기지 않았다. 배관과 탱크에 엉겨 붙듯 들러붙었다.

딱 보기에도 피하고 싶은 독살스러운 보라색.

부글부글 귀에 거슬리는 소리를 내며 릴리의 거품이 퍼졌다.

눈 깜짝할 사이에 주변 일대가 거품으로 뒤덮였다.

"독가스는 선생님에게 한 번 공략당했으니까요."

"뭐?"

"한 달 걸려 도달한 새로운 경지. 제 특이 체질을 살린 독거품이에요."

특이 체질— 그건 몸소 체험했다.

릴리는 강력한 마비가스 속에서도 자유자재로 움직일 수 있었다.

곧장 반응하지 않았다면 위험했을 독이었는데도 그녀는 태연하게 움직였다.

그녀는 독에 내성이 있다.

릴리가 작게 혀를 내밀었다.

"이 독거품— 얼마나 강력할 것 같아요?"

릴리는 노래를 흥얼거리듯 발랄한 어조로 물었다.

독거품인가.

점차 늘어나는 거품을 관찰하며 기드는 뒷걸음질 쳤다.

'허풍도 섞였겠지…….'

냉정하게 판단했다.

일부러 특이 체질을 밝힐 필요는 없다.

'……하지만 혹시 독의 위력이 일격 필살 수준이라면?'

겁을 내는 것이 아니었다. 스파이는 늘 생각할 수 있는 모든 패턴을 상정한다.

릴리는 정체불명의 거품을 두르고서 도전적으로 웃고 있었다.

두려움은 보이지 않았다.

실력 차이를 인정하면서 클라우스의 도움을 기대하지 않고 당당히 이를 드러내고 있었다.

정말 릴리는 낙오자가 아니라 천재인 걸까?

고립무원 상황에서 이렇게 여유 부릴 수 있는 인간이 존재할까?

순식간에 머리를 굴리고 각오를 다졌다.

"바보 제자, 아직 들리냐?"

《왜?》

"너한테는 안 보이겠지만 움직일 수 있는 소녀는 릴리뿐이야."

《넘치도록 충분한 전력이군.》

클라우스의 목소리에서도 자신감이 배어났다.

'모르겠어…….'

이때 처음으로 기드는 초조함을 느꼈다.

'분하지만 저 녀석 말이 맞아……. 나는 릴리의 내성이 어느 정도인지 몰라…….'

다른 스파이였다면 얼마든지 여유를 가질 수 있었다.

딘 공화국의 다른 스파이라면, 혹은 양성 기관의 성적 우수자라면 모든 정보가 머릿속에 들어 있었다. 그게 아니더라도 남자 스파이 양성 기관의 문제아라면 남성인 기드의 귀에 들리기도 했다. 전략은 얼마든지 상상할 수 있다.

유일한 맹점이었다. —여자 스파이 양성 학교의 열등생이라니.

"아니, 상관없어……. 무슨 책략이든 정면으로 타파할 따름이야."

정보가 부족한 수라장에서도 지금껏 싸워 왔다.

온몸의 힘을 빼고 릴리를 기다렸다.

릴리를 인질로 잡아서 클라우스를 불러낸다. 그뿐이다.

상대 또한 각오를 다진 듯했다.

거품을 두르고서— 릴리가 달리기 시작했다.

그녀의 전력.

속도 자체보다도 그 기백이 기드의 신경을 날카롭게 만들었다.

꺼림칙한 거품을 갑옷처럼 휘감고 육박했다.

긴 머리를 휘날리면서 우렁찬 외침과 함께 정면으로 돌진했고.

"어?"

얼빠진 소리를 냈다.

"느려!"

기드가 도출한 결론은 상대가 아무것도 못 하게 하는 빠른 공격이었다.

릴리는 간격이 좁혀졌다는 걸 눈치채지 못한 듯했다. 아무것도 보지 못했다. 기드는 파고드는 방식을 비틀어서 상대가 간격을 오인하게 만들었다.

릴리에게 저항할 틈조차 주지 않았다.

거품을 피해 옆을 지나쳐 칼로 확실하게 릴리의 등을 쳤다.

"윽!"

역시 릴리도 한계가 왔을 것이다. 힘이 빠져나가는 감각이 전해졌다.

뻔뻔한 정신만큼은 일류 스파이급인 은발 소녀— **릴리**가 탈락했다.

"나머지 0명."

이로써 모두 쓰러뜨렸다.

책략을 깨부쉈다고 확신했다. 칼을 털고 칼집에 넣었다.

그러면서 손등에 거품이 묻은 것이 보였다. 전부 피하지는 못한 모양이다.

반사적으로 털어 냈지만 피부에 아무런 변화도 없었다. 아프지도 않았고 물집이 잡히지도 않았다.

평범한 거품처럼 느껴졌다.

"……독은 거짓말인가? 아니면 늦게 작용하는 건가?"

어쨌든 맹독은 아닌 듯했다.

어이없어하며 주위를 둘러보니 일곱 소녀가 쓰러져 있었다.

일망하고서 소녀들의 머리 색이 저마다 다름을 깨달았다. 회분홍색, 빨간색, 검은색, 하얀색, 청은색, 갈색, 은색. 릴리는 『무지개』라고 비유했는데 납득이 갔다. 딱 일곱 색이었다.

참패한 소녀들을 보고 기드는 입가를 일그러뜨렸다.

“클라우스, 이로써 소녀들은 전멸했—.”

말을 끝맺지 못했다.

—갑자기 머리 위에서 그림자가 다가왔다!

“—윽.”

위에 있던 배관이 떨어졌다.

전투하면서 생긴 진동으로 볼트가 빠진 듯했다.

순간적으로 뒤로 뛰었다.

—릴리의 거품에 유도됐나?

너무 타이밍이 좋다는 생각이 들었지만 이성이 곧장 부정했다.

—아니다. 우발적 사고다.

어쩌다 그런 거겠지. 우연이 겹쳤을 뿐이다.

적어도 지식에 없었다.

사고를 예견할 수 있는 소녀에 관한 정보를 기드는 가지고 있지 않았다.

‘그리고 이 정도 트러블쯤이야—.’

자신이라면 문제없이 대처할 수 있다. 이미 배관의 낙하지점에서는 벗어나 있었다.

그때, 뭔가가 움직였다.

릴리가 만들어 낸 퇴적 거품이— 시야 끄트머리에서 흔들렸다.

반응이 늦었다. 도약해 있는 상태라 회피할 수 없었다.

뭔가가 기드의 등으로 날아들었다.

격통이 일었다.

"아—?"

입에서 피가 뿜어져 나왔다. 등이 타는 듯이 뜨거웠다.

릴리는 아직 쓰러져 있었다. 다른 여섯 소녀는 움직이지 못할 터다.

무슨 일이 일어났지?

아픔을 참으며 뒤를 보았다.

기드가 독이라고 인식했던 거품 속에서 갑자기 나타난 시퍼런 칼날이 있었다—.

"불행……."

금발 소녀가 있었다.

단검을 움켜잡고 기드의 등을 정확하게 찌르고 있었다.

인형처럼 아름다운 소녀가 우울한 눈으로 쳐다보고 있었다.

"처음으로 하는 연계에서 가혹한 역할이라니……."

있을 수 없는 광경이었다.

기드는 다시 한번 멍하니 주위를 둘러보았다.

연구소 서쪽 보관고에는 일곱 소녀가 쓰러져 있었다. 잘못 본 것이 아니다.

가능성이 있다면—.

"여덟 번째……?"

백발 소녀가 운반하던 거대한 배낭— 거기에 숨어 있었나. 그 후에 릴리가 만든 거품 뒤에 몸을 숨긴 듯하다.

하지만 머리로는 이해해도 납득할 수 없었다.

아지랑이 팰리스에서 클라우스는 몇 번이나 「너희 일곱 명」이라고 부르지 않았던가? 소녀들도 「우리 일곱 명」이라고 하지 않았던가? 아까 릴리가 자랑스럽게 「무지개도 일곱 빛깔」이라고 떠들지 않았던가?

소녀들은 일곱 명일 터—.

그때, 다시 제1통신실에서 통신이 들어왔다.

《말 안 했는데.》

냉담한 목소리였다.

《「**여덟 소녀가 일곱 명으로 생활하는**」 것도 규칙 중 하나야.》

"뭐……?"

《어차피 당신은 전부 알아차렸을 테니까 특별히. 멤버를 소개해 주지.

첫 번째 멤버, 요란한 은발에 늘 시끄러운 트러블 메이커— 릴리.

두 번째 멤버, 늠름한 백발에 릴리와 친하고 입이 험한 특공대장— 지비아.

세 번째 멤버, 소심한 갈색 머리에 『~습다』 말투를 쓰는 걱정 많은 상식인— 사라.

네 번째 멤버, 고아한 흑발에 미인계가 특기인 팀의 실질적 리더— 티아.

다섯 번째 멤버, 정숙한 빨간 머리에 다소곳한 어조로 나를 『보스』라고 부르는 참모— 그레테.

여섯 번째 멤버, 불손한 청은발에 일인칭이 『보쿠[#1]』인 천재 에이스 — 모니카.

일곱 번째 멤버, 순진한 회분홍 머리에 일인칭이 『나님』인 천진난만한 힐링 담당— 아네트.

여덟 번째 멤버, 담백한 금발에 사고로 합류가 늦어져서 초반에 자주 고립됐던— 에르나.

나는 줄곧「너희 일곱 명」이라고 불렀지만 소녀는 여덟 명 있어.》

도청을 전제로 한 트릭이었다.

만약 실제 눈으로 확인했다면 여덟 명 있는 것은 일목요연했겠지만, 음성만으로 여덟 소녀의 목소리를 구분하기는 어려웠다.

"어디까지 거짓말을…… 거듭한 거지……."

클라우스와 소녀들의 만남도 거짓, 클라우스가 소녀에게 맹세했던 말도 거짓, 소녀들의 속고 속이는 싸움도 거짓, 생활도 거짓, 릴리의 위세도 거짓, 독거품도 거짓— 전부 이 일격을 숨기기 위해.

겨우 깨달았다.

#1 **보쿠(僕)** 남성이 스스로를 지칭하는 말.

소녀들은 기드를 이기겠다는 생각을 한 번도 하지 않았다.
오로지 일격을 위해 한 달을 썼다.
깨달았어도 이미 끝난 일이었다.
등에서 피가 뿜어져 나왔다.

◇◇◇

쓰러지는 기드를 보고 릴리는 주먹을 꽉 쥐었다.
순진하게 가슴이 뛰며 흥분됐다.
'작전 성공이에요……!'
여덟 소녀가 일곱 명으로 생활할 것— 그것이 클라우스가 준비한 가장 큰 함정이었다.
『아리랑이 팰리스 공동생활 규칙㉖ 일곱 명이 협력하여 생활할 것』.
맨 처음 소녀들은 그 문장을 보고 뜻을 이해하지 못했다. 릴리가 도착하고 클라우스가 나타났을 때, 일곱 소녀밖에 없었기 때문이다. 그저 유치한 규칙이라고 느꼈다.
하지만 생활 둘째 날 밤, 이해했다.
거듭된 교통 기관 사고로 도착이 대폭 늦은 에르나가 찾아오면서.
여덟 소녀는「일곱 명으로」생활해야만 했다.
—같은 공간에 소녀가 여덟 명 있는 경우, 최소한 한 명은 말하지 않는다.
—최대한 동료를 이름으로 부르지 않는다.

팀 전원이 하나의 거짓을 만들었다.

전부 도청을 이용한 함정을 위한 일이었다.

'뭐, 되게 아슬아슬했지만요…….'

릴리는 흡족하게 웃고서 다음 행동으로 넘어갔다.

에르나는 기드의 품에 손을 넣어 열쇠를 발견했다.

에르나에게 열쇠를 받고 릴리는 붙잡힌 소녀들을 풀어 주기 시작했다. 구속된 소녀들 중에 다친 사람은 없었다. 안심되는 것 이상으로 새삼 기드의 높은 기술에 탄복했다. 상처 하나 내지 않고 적에게 고통을 주는 기술은 스파이 세계에서 중요하다. 협박할 때에.

"자! 당장 도망쳐요! 뒷일은 선생님한테 맡기고요!"

릴리가 재빨리 다른 소녀를 풀어 주고 있으니 에르나가 어이없다는 표정을 지었다.

"아까의 위세는 어쨌어……?"

"우리는 결국 도움받는 공주님계 히로인즈!"

"의문의 유닛이야!"

『화염』의 배신자와 조우한 경우, 소녀들의 역할은 발을 묶어 두는 것이었다. 생물 병기 확보는 전부 클라우스가 수행한다. 겉치레나 빈말을 제거한 본심은 「냉큼 이 무서운 곳을 떠나고 싶다」였다.

빠른 동작으로 소녀들을 차례차례 풀어 주고 마지막으로 백발 소녀에게 도달하여, 이 기회에 얼굴에 낙서라도 해 줄까 하는 생각이 번뜩였을 때—.

"뒤쪽!"

에르나의 비명이 들렸다.

날아온 칼을 아슬아슬하게 피했다. 릴리의 머리를 묶은 리본이 찢어졌다.

정말로 에르나의 위기 감지 능력은 놀라웠다. 그만큼 불행한 인생을 살아온 걸까.

하지만 가능하다면 눈앞의 현실을 보고 싶지는 않았었다.

기드가 일어나 있었다.

짐승처럼 형형히 눈을 번뜩이고 거칠게 숨을 몰아쉬며.

"에르나는, 확실하게 찔렀는데……."

"찔린 후에 몸을 틀어서 뼈와 근육으로 막았지……."

기드가 입가에 흐르는 피를 닦았다.

"잠깐 정신을 잃었어. 인정해 주마, 오랜만이야."

릴리 옆에서 에르나가 입술을 깨물었다. 그녀가 질책받을 이유는 없었다. 일류 스파이에게 속지 않는 게 더 말이 안 된다.

"진짜 괴물이네요……."

기드가 머리카락을 쓸어 올렸다. 그 손은 피에 젖어 있어서 머리카락도 적갈색으로 물들었다. 바람이 불며 피가 말랐다. 피 묻어 굳은 머리 모양이 소녀들을 위압했다.

"도망치죠!"

릴리의 신호와 함께 소녀들은 뛰기 시작했다.

기드는 중상을 입었다. 움직일 수 있을 리가 없다. 그렇게 판단했다.

아직 쌩쌩해 보이는 건— 연기다.

그리고 그 추측은 정답은 아니었다.

"—윽."

기드는 만전 상태라고 해도 손색이 없을 예리함을 보여 줬다.

도약한 순간, 공중을 달리듯 배관을 차서 순식간에 소녀들에게 육박했다. 도망치는 소녀들의 머리 위로 따라잡아 오른손으로 뭔가를 날렸다.

피였다.

오른손을 크게 휘둘러 피를 산탄총처럼 뿌렸다. 끈적한 피는 한 번 눈에 들어오면 잘 닦이지 않는다. 충분하기 그지없는 견제였다.

기드의 표적은 릴리였다. 바람 가르는 소리가 들릴 듯한 발차기가 릴리의 안면으로 날아왔다. 그것을 백발 소녀가 직전에 끼어들어 막았다. 기세는 멈추지 않았다. 백발 소녀의 몸은 릴리와 함께 날아갔고, 뒤에 있던 다른 소녀 두 명도 말려들어 지면에 쓰러졌다.

발차기 한 번에 네 소녀가 꼴사납게 지면을 뒹굴었다.

—너무 강하다.

지금 기드는 그야말로 상처입은 짐승이었다.

손쓸 방도가 없었다.

"0.1초."

기드가 손가락을 세웠다.

"움직임이 둔해졌어. 그게 너희의 성과다."

그저 오차 정도인 숫자였다.

책략이란 책략은 다 써서 얻은 것이 그것뿐.

기드는 아직 일어나지 못하는 소녀들을 내려다보고 권총을 들었다. 그녀들의 뒤에 있는 가스탱크가 신경 쓰이지 않는 듯했다. 소녀들의 몸에 맞힐 수 있다고 확신하고 있을 것이다.

기드가 표정을 없애고 방아쇠를 당기려던 때였다.

"—극상이야."

차갑고 힘 있는 목소리가 들렸다.

권총이 튕겼다. 기드는 소녀들에게서 떨어졌다.

조금 전까지 그가 있던 곳에— 클라우스가 가볍게 착지했다.

"선생님!"

릴리가 환호성을 질렀다.

클라우스는 릴리를 향해 아타셰케이스를 던졌다.

"생물 병기다. 그걸 가지고 도망쳐."

"혼자서 손에 넣으셨군요……."

"너희가 스승님을 유인해 준 덕분이야."

클라우스는 소녀들에게 등을 돌리고 기드를 노려보았다.

"나는 조금 시간이 걸릴 거다. 먼저 가. 루트4로 귀국해라. 고원에 퐁퐁 솟는 샘 같은 준비를 잊지 마."

"의미 불명이지만 알겠습니다."

릴리는 다른 소녀의 안부를 확인했다.

그 뒤편에서 클라우스와 기드의 재회가 이루어지고 있었다.

"오랜만이야, 스승님……."

"클라우스……."

사별했을 터인 스승과 제자가 대면하여 어떤 대화를 나눌 것인가. 몹시 궁금했으나 구경하고 있을 때는 아니었다.

소녀들은 연구소 부지 밖으로 달리기 시작했다.

"내 부하가 최고의 활약을 보여 줬어."

클라우스의 목소리가 뒤에서 들려왔다.

"당신의 움직임이 0.1초나 느려."

여유 가득한 목소리였다.

"드디어 당신을 따라잡았어."

이에 기드는 분노한 것 같았다.

"클라우스!"

포효하는 듯한 목소리가 쩌렁쩌렁 울렸다.

릴리는 떠나면서 뒤돌아 그 광경을 보았다.

기드가 권총을 들고 클라우스에게 돌격했다. 그 속도는 릴리가 반응할 수 있는 수준을 넘어서 있었다.

"스승님, 유감스럽지만—."

클라우스의 입술이 작게 움직였다.

"지금의 당신은 내 적수조차 못 돼."

릴리가 마지막으로 본 것은 기드가 사지를 펼치고 공중을 나는 광경이었다.

클라우스가 뭘 했는지조차 알 수 없었다.

격이 다른 두 사람의 싸움은 그녀에게 너무나도 빨랐다.

하지만 아무래도 클라우스가 이겼다는 걸 자연스럽게 이해할 수 있었다.

5분 후, 소녀들은 연구소의 벽에 도착했고 무수한 총격으로부터 도망치며 탈출했다.

몸을 숨긴 소녀들은 사전에 준비한 트럭에 올라타 화물에 섞여 국경을 넘었다.

이리하여 불가능 임무는 성공으로 끝났다.

에필로그 상실과 재생

불가능 임무를 끝내고 일주일 후—.

『등불』의 소녀들은 대형 홀에 있었다. 각자 커다란 여행 가방을 들고 있었다. 몇 명은 부산스럽게 가방을 열었고, 몇 명은 졸린 얼굴로 하품을 했다. 어젯밤 늦게까지 파티를 벌였던 탓에 충분히 잠을 자지 못했다. 아직 짐을 전부 가방에 넣지 못한 자도 있었다.

그 필두인 릴리는 옷을 가방에 꾹 밀어 넣었지만 들어갈 자리가 없음을 깨닫고 내용물을 꺼내기 시작했다. 쓸데없는 것까지 너무 많이 넣은 듯했다. 난잡하게 넣은 권총을 꺼내고 즐겁게 웃었다.

"아아, 이렇게 스파이 도구를 보니 생각나네요. 제가 기드 씨를 속였던 순간…… 아아, 천재 광대 릴리의 탄생이에요."

진작에 채비를 끝낸 백발 소녀가 늠름하게 지적했다.

"엄청나게 대충 떠들었지만 말이지. 일곱 대죄의 밸런스가 어쩌고저쩌고."

"시끄러워요, 분노 담당."

"때리기 전에 묻겠는데, 네 담당은?"

"탐욕, 질투, 폭식, 나태, 교만."

"밸런스고 나발이고 전혀 없네!"

그때 릴리와 기드가 나눈 대화에는 소녀 전원이 속으로 태클을 걸고 있었다.

기드를 속이는 작전이라고는 하지만 릴리의 발언은 엉망진창이었다.

그래도 공을 세운 것은 사실이기에 릴리의 기분이 좋은 것도 무리는 아니지만.

그런 릴리에게 냉정한 발언을 퍼붓는 자도 있었다.

"애초에 우리…… 별로 일 안 했어……."

"음? 무슨 말을 하는 거예요!"

에르나는 자신의 키만 한 여행 가방에 앉아 다리를 까딱거리고 있었다.

"우리는 여덟 명이 연구소 구석에 숨어들어서 적 한 명에게 일격을 먹이고 도망쳤을 뿐이야……."

"응. 대활약이네요."

"선생님은 그사이에 감시인 열두 명을 기절시키고, 군인으로 변장하여 숨어들고, 열쇠를 훔치고, 금고를 세 개 열고, 연구자를 협박하고, 생물 병기를 빼앗고, 연구 자료를 처분하고, 적 공작원 네 명을 전투 불능으로 만들고, 마지막으로 우리가 감당 못 했던 적을 쓰러뜨렸어."

"……."

릴리는 고해진 사실을 시간을 들여 곱씹더니 눈을 부릅뜨고서 성큼성큼 에르나에게 다가갔고—.

"으랴아아! 빰 찌르기!"

"먀?"

—적반하장으로 나왔다.

"심술쟁이 에르나에게는 벌을 내리겠어요!"

"하, 하디 마!"

"오, 이 말랑말랑한 촉감, 에르나는 실재했군요."

"당연하디!"

"아니, 잠복 중에는 존재감이 너무 없었으니까요…… 세계에서 사라졌었나요?"

"너무해!"

릴리는 에르나의 양 뺨을 검지로 동시에 찌르며 그녀의 존재를 확인했다.

점차 에르나가 힘들어하자 다른 소녀들이 에르나를 괴롭히지 말라며 릴리에게 달려들었다. 릴리는 오기를 부리며 에르나의 볼을 계속 만졌고 다른 소녀들은 릴리를 떼어 내려고 했다. 난리 통에 몸이 이리저리 흔들리며 에르나가 말했다.

"너, 너무 조심성 없이 에르나에게 다가오면……."

"으악, 바닥이!!"

릴리가 미끄러졌다.

융단의 주름에 발이 걸려서 동료와 함께 넘어졌다. 에르나가 앉은 여행 가방의 잠금쇠가 풀리며 내용물이 대형 홀에 흩어졌다. 에르나가 「불행……」 하고 중얼거렸다.

다른 소녀를 깔고 앉은 릴리가 벌러덩 누웠다.

빨리 비키라는 말을 귓등으로 흘리며 릴리는 천장을 계속 바라보았다.

"하아~."

릴리는 한숨처럼 말했다.

"이렇게 즐거운 나날도 이제 끝이네요."

그녀들이 짐을 싼 이유— 그건 작별하기 위해서였다.

"맞아."

냉정한 목소리가 들렸다.

대형 홀 가장자리에서 클라우스가 소파에 앉아 있었다.

"『등불』은 불가능 임무 공략을 목적으로 결성된 임시 팀이다. 달성하고 해산하는 거야. 자랑스러워해도 돼."

소녀들은 가볍게 고개를 끄덕였다.

그녀들은 『화염』의 배신자 대책으로 결성된 팀이다. 그 역할을 완수한 이상, 헤어질 운명이다. 미숙한 소녀가 이 이상 가혹한 임무에 도전해야 할 이유는 없었다.

그녀들은 각자 양성 학교에 돌아갈 예정이었다. 다음에 스파이로 활동하는 건 임시 졸업이 아니라 정식 졸업을 쟁취한 이후다.

"그럼 슬슬 갈 시간이군."

기차가 출발할 시간을 가늠하여 클라우스가 고했다.

작별 인사는 어젯밤에 끝마쳤다. 소녀들은 떠날 채비를 한 뒤, 여행 가방을 들고서 현관으로 향했다.

소녀들은 한 명 한 명 클라우스에게 감사를 고하고 문밖으로 나갔다.

클라우스는 말없이 소녀들을 배웅했다.

“……”

“음? 왜 그러세요?”

마지막 한 명이 된 릴리는 클라우스의 표정이 신경 쓰였다. 일순 뭔가 하고 싶은 말이 있는 것처럼 입술을 달싹였었다.

“아니, 아무것도 아니야.”

클라우스는 작게 고개를 가로저었다.

“또 어딘가에서 만나자.”

“그러네요…… 다음에 만나는 건 분명 몇 년이나 지난 뒤겠지만요.”

릴리는 옅게 미소 지었다.

“—어딘가에서 또 만나요.”

◇◇◇

클라우스는 소녀들을 배웅하고 『등불』의 마지막 일을 수행했다.

향한 곳은 딘 공화국의 내각부. 아지랑이 팰리스에서 차를 몰아 두 시간. 수도 중앙부에 있는 수수한 건물이었다. 미행 유무를 확인하고서 대외정보실에 들어갔다.

방에서는 로맨스그레이가 기다리고 있었다. 마른 가지처럼 가느다란 체구지만 그 눈은 일선에서 물러난 지금도 맹금류처럼 날카롭게 형형히 빛났다.

이름은 없었다. C라는 기호만을 가졌다.

그가 딘 공화국 스파이의 총괄자였다. 국내 스파이팀에 지시를 내리는 사람이 그였다.

클라우스는 구두로 보고했다. C는 보고를 다 듣고 잘했다며 칭찬했다.

“이걸로 군대 녀석들에게 빚을 지웠어. 대외정보실도 움직이기 쉬워지겠지.”

“나는 내부 투쟁을 위해 움직인 게 아니야.”

“그런 말 하지 않았으면 좋겠는데. 점점 심해지는 군대의 통제는 결과적으로 국민의 평화와 연결돼.”

실장 — 클라우스는 C를 그렇게 불렀다 — 은 입으로만 웃었다.

“커피를 끓여 주지. 내가 직접.”

“필요 없어.”

“그렇게 말하지 마. 나는 임무를 끝낸 부하에게 대접하는 걸 아주 좋아해.”

클라우스의 제지도 듣지 않고 실장은 미네랄워터를 전기 포트에 넣고서 끓이기 시작했다.

클라우스는 짜증스러운 감정을 담아 실장을 노려보았지만 그는 개의치 않고 커피콩을 갈았다.

한숨을 쉬고서 권하는 대로 소파에 앉았다.

실장은 커피를 끓이는 내내 말이 없었다. 정성껏 커피 두 잔을 드립하여 클라우스의 정면에 앉았다.

"맨 먼저 확인하겠는데."

실장이 천천히 입을 열었다.

"정말로 『등불』은 해산시킨 거겠지?"

"지금의 그 아이들이라면 양성 기관에 돌아가도 활약할 수 있을 거야. 수업에 재능이 없는 내가 아니라 우수한 교관이 확실하게 지도해서 소중하게 키워야 해."

클라우스는 수긍하고 커피를 입에 머금었다. 흙탕물과 똑같은 수준의 맛이었지만 얼굴에는 드러내지 않았다.

"곤란하군."

실장이 목덜미를 문질렀다.

"나로서는 존속이 좋았는데 말이야. 다시 생각해 주지 않겠나?"

"말도 안 돼."

"이번 임무로 확신했어. 우리나라의 정보가 제국에 유출된 건 틀림없어. 그들의 안중에 없었던 문제아로 구성된 『등불』은 제국을 상대하는 비장의 패가 될 거야."

평소 모습을 모르니까 그런 소리를 하는 거라고 클라우스는 내심 어이없어했다.

재능은 인정하지만 그녀들에게 불안한 점이 있다는 사실은 부정할 수 없었다. 특히나 긴장을 늦추면 대체로 실수를 저지른다.

"이 이상 미숙한 소녀들에게 목숨 걸린 임무를 강요할 순 없어."

"하지만 이 나라의 현재 상황이……."

"상부의 미스로 말단에게 리스크를 떠넘기는 수법은 오래 못 가."

그건 그냥 무책임이다. 이번 임무는 상부가 알아차리지 못했던 기드의 배신을 소녀들이 수습한 것이었다. 객관적으로 보면 실로 한심한 이야기다.

가혹한 임무에 도전하는 것은 양성 기관에서 힘을 기른 뒤에. 그게 본래 순서다.

계속 쌀쌀맞은 태도를 취하자 실장이 눈을 가늘게 떴다.

피부가 미미하게 저릿했다.

짜증인가. 아니, 살기겠지.

"……강권할 거면 해. 당연히 나는 반발할 거야."

"아직 아무 말도 안 했어."

"똑같은 스파이야. 발상은 통해."

"……예를 들어 전국의 우수한 스파이를 이용해 너를 협박해도?"

실장이 상체를 내밀고 찌르는 듯한 날카로운 시선을 보냈다.

이 나라의 스파이를 계속 조종해 온 남자의 엄격한 위압이었다.

"―해봐."

물러날 마음은 없었다.

전국의 동포를 적으로 돌리더라도 의지를 꺾을 생각은 없다.

당당하게 가슴을 펴고 마주 노려보았다.

먼저 시선을 돌린 사람은 실장이었다.

"……『화염』을 잃은 지금, 너의 충심까지 잃을 수는 없지."

미소 짓고서 자신이 끓인 맛없는 커피를 맛있게 마셨다.

"어쩔 수 없군. 그게 그 아이들을 지키는 최선의 방법인 거지?"

"그 아이들에게는 감사하고 있어."

클라우스도 커피를 한 모금 더 마셨다.

"안심해도 돼. 『등불』이 해산해도 우려할 필요는 없어. 제국을 상대하는 임무는 계속해서 내가 담당하겠어."

그렇게 전하자 실장은 어째선지 불안한 모습으로 어깨를 떨궜다.

"내가 『등불』을 존속시키고 싶은 건 그저 제국을 상대하기 위해서만이 아니지만 말이지."

"무슨 뜻이지?"

실장은 옛날을 그리워하듯 커피잔을 지그시 내려다보았다.

"예전에 『화염』의 보스가 자주 말했었어. 너는 다소 『화염』에 의존적인 경향이 있어."

"가족을 사랑할 뿐이야."

"불안해했지. 만약 『화염』이 없어지면 네가 홀로 설 수 있을지 걱정했어."

클라우스는 보스의 모습을 떠올렸다.

기드가 거둔 자신을 따뜻하게 받아들여 준 것은 『홍로(紅爐)』라고 불리는 상냥한 여성이었다. 그녀에게는 스파이 기술보다도 도덕을 배우는 일이 많았다.

"……흡사 양육으로 고민하는 엄마의 푸념 같군."

"실제로 그랬잖아?"

"……."

클라우스는 침묵을 관철했다. 완만한 긍정이었다.

그녀가 자신을 어떻게 생각했는지는 모르지만, 자신은 그녀를 엄마처럼 느꼈었다. 때로는 엄격하게, 때로는 자상하게 자신의 마음을 지탱해 줬다. 그녀가 곁에 있었던 평온한 시간이 지금도 머릿속에 있었다.

하지만— 그녀는 사라졌다.

아니, 그녀뿐만이 아니다. 그녀와 마찬가지로 형제처럼 따랐던 다른 동료도—.

"너는 조금 쉬는 편이 좋겠어."

실장이 온화한 목소리로 말했다.

"……나는 멈춰 설 수 없어."

"아니, 이 명령 정도는 따라 줘야겠어."

실장은 자신의 커피를 쭉 들이켜고 자리에서 일어나 클라우스의 어깨에 손을 얹었다.

묵직한 손이었다.

"한 달 휴가를 주마. 지금 너는 초췌해 보여."

"당연하지. 가족을 잃었으니까."

"아니."

실장이 부정했다.

"그때보다 지금이 더 심해."

"……."

아무런 대꾸도 하지 못한 채 클라우스는 퇴실했다.

내각부에서 나오니 심야였다.

해는 저물고 달도 두꺼운 구름 속에 숨어 있었다. 교외의 방적 공장에서 나오는 매연이 대기에 녹아들어 최근 밤은 한층 어두워졌다. 아녀자는 물론이고, 항구 근처 거리에는 남자도 밤에 돌아다니지 않았다. 무의식적으로 제국의 번쩍이는 거리와 비교했다. 딘 공화국과의 국력 차이가 절절히 사무쳐서 크게 한숨을 쉬었다.

혼자였다.

멍하니 흐린 하늘을 올려다보고 걸어갔다.

"……윽."

머릿속을 차지한 것은 기드와의 이별이었다.

◇◇◇

생물 병기를 확보하고 소녀들을 도주시킨 뒤에도 마지막 일이 남아 있었다.

들어야만 했다.

왜 기드가 『화염』을 배신하고 멤버들이 죽어야만 했는지.

클라우스가 아는 한, 『화염』에 불만은 없었을 터다. 클라우스와 마찬가지로 팀을 사랑하고 가족처럼 느꼈을 터다. 그런데 왜―.

등에서 대량의 피를 흘리며 쓰러진 기드 옆에 한쪽 무릎을 꿇었다. 클라우스가 뭐라고 말하기 전에 그가 쉰 목소리를 냈다.

"훌륭해, 바보 제자……."

"스승님……."

그 연약한 목소리에 죄책감을 품는 건 잘못됐다.

그에게 중상을 입힌 사람은 자기 자신이다.

"놀랐어."

기드는 희미하게 미소 지었다.

"설마 제자의 제자에게 당할 줄이야."

"내 완벽한 수업의 성과지."

"허세 부리지 마."

반박하려다가 단념했다.

그는 아지랑이 팰리스의 대화를 도청했다. 수업이 얼마나 엉성했는지는 알고 있을 것이다.

"네가 심각하게 말솜씨와 요령이 없는 건 알고 있어. 열심히 노력한 편이지 않을까?"

"노력한 건 소녀들이야…… 당신을 쓰러뜨렸으니 헤어지게 되겠지만."

"해산인가. 쓸쓸해지겠어."

"아니, 그렇지도 않아."

클라우스는 고했다.

"스승님이 오면 되니까."

"뭐?"

기드는 얼떨떨한 모습으로 입을 벌렸다.

클라우스는 살며시 기드의 목에 손을 짚어 혈류를 확인했다.

"이렇게 다쳤어도 지금 당장 응급 처치를 하면, 스승님이라면 살 거야."

"진심으로 하는 소리야?"

"당연하지. 스승님, 둘이서 다시 한번 『화염』을 시작하자."

정장을 벗고 안쪽에 넣은 실과 바늘을 꺼냈다. 그런 다음 단검으로 옷을 찢어서 붕대를 만들었다.

"물러 터졌어……."

그 광경을 기드는 믿을 수 없다는 눈으로 보고 있었다.

"바보냐……? 클라우스…… 상부에는 뭐라고 설명하려고……?"

"내가 받은 임무는 생물 병기 탈환이야. 달성했으니 불평은 안 들어."

"그렇다고……."

"당신은 내게 남은 유일한 가족이야."

사사로운 감정이라고 욕하더라도 상관없다. 누가 규탄하든 우선할 미래가 있었다.

그러려면 물론 최소한의 조건을 완수해야겠지만—.

"그러니까 우선 얘기해 줘. 당신은 왜 배신했지? 그 이유에 달렸어."

클라우스는 라이터로 바늘을 달구고 기드를 노려보았다.

이 바늘로 그의 목을 찌를지 상처를 봉합할지는 대답에 따라 정해진다.

"『뱀』."

기드는 나직이 말했다.

"제국의 새로운 스파이팀이야. 기분 나쁜 녀석들이야. 본 순간 구역질이 날 만큼……."

"……처음 듣는 팀이야."

"나는 그 녀석들에게—."

"스승님, 일단 조용히 해 줘."

기드의 말을 차단했다.

그에게 사정이 있음을 들은 이상, 기드의 연명이 먼저다.

"지금부터 간단한 수술을 할 거야. 이유가 있다는 건 알았어. 얘기는 돌아간 뒤에—."

천천히 듣겠다고— 말을 맺을 수 없었다.

앞을 보자 총탄이 있었다.

살기가 없었다. 소리도 안 났다.

클라우스에게도 암흑에 가까운 환경에서 하는 봉합 수술은 상당한 집중을 요했다. 죽어 가는 스승에게 정신이 팔린 상태였다. 미간을 노린 총탄에 반응하지 못했다.

허를 찌른 완벽한 기습.

—죽는다.

그렇게 의식한 직후, 주위에 선혈이 튀었다.

빨간 액체가 온몸을 적셨다.

"스승님……?"

기드가 자신을 덮고 있었다.

그가 총탄으로부터 감싸 줬단 걸 이해함과 동시에 자신의 몸을 타고 흐르는 액체가 그의 피임을 깨달았다. 총탄은 기드의 흉부에 명중했다.

기드의 몸이 축 힘을 잃은 순간, 클라우스의 시야가 트였다.

멀리 건물 옥상에 소총을 든 인간이 있었다.

스나이퍼는 몸을 돌려 어둠 속으로 사라졌다.

쫓아갈 생각은 들지 않았다. 기드의 상처를 눌러 피를 막았다.

눈앞에서 사라지는 생명을 붙들고 싶었다.

이미 늦었다는 것을 알고 있어도—.

기드는 속삭였다.

"——."

그 말을 남기고 나서 그의 입은 두 번 다시 열리지 않았다.

◇◇◇

아지랑이 팰리스에 돌아오니 당연히 그곳에는 아무도 없었다.

문을 개폐하는 소리만이 저택 안에 울렸다.

머릿속에 있는 것은 『뱀』이라는 정체불명의 스파이팀이었다. 한 달을 휴식에 할애할 마음은 없었다. 그들은 복수의 대상이다. 스파이로서의 책무도 있다. 조사해야만 한다.

하지만 방에 가기 위해 계단을 오르려다가 발이 멈췄다. 실장이 지적한 대로 피로가 쌓였을 것이다. 조금 쉴 필요는 있는 듯했다.

클라우스는 대형 홀로 가서 소파에 앉았다.

괘종시계 아래에 있는, 방 전체를 둘러볼 수 있는 자리.

이 자리에 앉는 건 오랜만이었다.

『화염』의 멤버가 아지랑이 팰리스에 있을 적에는 클라우스의 지정석이기도 했었다. 여기서 조는 것을 좋아했다. 목숨을 건 임무에서 돌아오면 늘 이 소파에 와서 마음의 안정을 찾았다. 얼굴을 들면 보스가 직접 홍차를 끓여 주고, 멤버 중 한 명이 피낭시에를 굽고, 기드가 치즈 케이크를 사 왔다. 동료와 함께 담소하며 임무의 활약을 치하했다.

『화염』이 없어지고 『등불』 시대가 된 뒤로 대형 홀은 그저 지나가는 공간이 되었다. 조금 더 그녀들과 같이 지냈다면 좋았을지도 모른다. 심야, 클라우스가 홍차라도 마시려고 대형 홀에 내려오면 소녀들은 격론을 벌이고 있었다. 자신을 쓰러뜨리기 위해, 조금이라도 힘을 갈고닦기 위해, 때로는 싸우고 때로는 서로 격려했다. 타깃인 자신이 대형 홀에 진입하여 옆 주방의 찬장에서 찻잎을 꺼내고 떠나는 것도 알아차리지 못하는 것은 문제지 않을까 싶지만, 이튿날에는 어떤 습격을 할지 기대했었다.

추억을 꺼내자면 한이 없었다.

『화염』의 나날은 물론이고 『등불』의 매일도 나쁘지 않았다.

다만 지금, 자신은 혼자가 되었다.

두 가지 날들을 모두 잃었다.

"허무하네……."

웃음이 끊이지 않았던 홀에서 혼자 소파에 앉아 있었다.

마음에 구멍을 뚫는 이 감정은 대체 뭘까.

계획은 완벽했다.

기드가 말한『세계 최강』이라는 칭호가 부끄럽지 않을 활약이었다.

임무는 달성했고, 동료를 한 명도 죽이지 않은 채『화염』을 괴멸시킨 배신자를 처리했다.

수업을 못 하는 결점도 궁리로 극복했다.

다른 누구도 흉내 낼 수 없는 성과이지 않은가.

그런데 왜 충족되지 않지—.

"이런—."

클라우스는 말했다.

"—이런 결말이, 내가 바라던 건가."

그렇다면 이 두 달에 무슨 의미가 있었던 걸까.

그렇게 탄식하고— 문득 깨달았다.

오른팔이 움직이지 않았다.

묶였어?

와이어? 어느새?

이상 사태를 감지했을 때는 반응이 늦은 뒤였다.

소파 뒤에서 무수한 와이어가 뻗어 나왔다. 목, 다리, 몸통, 이마, 차례차례 와이어가 뒤얽혀 몸을 움직일 수 없게 되었다.

빠져나가려고 했을 때, 총구가 겨눠져 있다는 것을 알아차렸다.

총이 겨눠진 채 포위되어 있었다. 가구 뒤편에서 소녀들이 나타났다.

백발 소녀와 흑발 소녀가 좌우에서 권총을 들이댔고, 갈색 머리 소녀가 다리를 노렸고, 빨간 머리 소녀가 심장을 조준하고 있었다. 회분홍 머리 소녀가 즐겁게, 그리고 청은발 소녀가 냉담하게 행동을 감시했다. 금발 소녀— 에르나가 안 보이는 것을 보면 소파 뒤편에 있는 모양이다.

"마침내 잡았어요!"

은발 소녀— 릴리는 특별히 아무것도 하지 않았지만 클라우스 앞에서 가슴을 쭉 폈다.

"너희…… 양성 학교로 돌아간 것 아니었나……?"

"연기예요."

릴리는 천연덕스럽게 고했다.

무슨 심경 변화일까.

그녀들은 최근 며칠간 클라우스의 추천으로 양성 학교에 돌아갈 준비를 했었다. 어젯밤에는 해산 파티까지 열었는데.

"후후! 드디어 완전 승리예요. 얼마든지 요구할 수 있겠네요!"

"요구?"

"당연한 거 아니에요? —『등불』의 존속이에요."

릴리는 그렇게 주장했다.

고개를 갸웃하고 싶었지만 와이어에 잡혀 있어서 그것도 불가능했다.

"왜지……? 처음 만났을 때와는 정반대인 요구를—."

"네, 처음 만났을 때와는 정반대인 릴리입니다."

릴리는 얼굴 앞에서 손으로 V자를 만들었다. 그리고서 그 손가락 두 개를 흔들며 잘난 듯이 설명을 시작했다.

"다 같이 얘기를 나눴어요. 이제 와서 학교로 돌아가 졸업하고 낯선 스파이팀에 끼는 것보다 한 번 사선을 같이 넘은 멤버가 좋다고 말이죠."

"그건 그렇지만……."

자랑스레 말하는 릴리의 억지스러움에 눌려 무심코 수긍하고 말았다.

납득이 안 가는 건 아니지만, 이해되지 않는 점도 있었다.

"……평범하게 요구하면 될 것을, 굳이 나를 속여서 포박하고 총구를 겨눈 채 요구하는 이유는?"

"수업의 연장선이죠."

"수업은 한참 전에 끝났어."

"그럼 보복."

"너는 정말로 성격이 나빠."

스파이로서 무기도 되겠지만 이 소녀는 성격이 너무 억세다.

지금 상황이 매우 기쁜지 릴리는 싱글벙글 웃었다.

"흐흥~ 그렇게 어이없다는 표정을 하셔도 소용없어요. 이번에는 인질도 잡았으니까요."

"인질?"

"아래를 봐 주세요."

백발 소녀가 일순 와이어를 느슨하게 풀어서 소파 밑을 보게 했다.

그곳에는 어느새 캔버스가 놓여 있었다. 조금이라도 클라우스가 날뛰면 밟혀 찢어질 듯한 위치였다.

"선생님이 줄곧 그리던 그림이에요. 날뛰면 갈기갈기 찢어지겠죠."

"잔학한 소행이군."

"강해졌죠? 누구 덕분이지만요."

릴리가 살며시 손을 뻗었다.

"더 가르쳐 주세요— 낙오자였던 저희가 활짝 피어날 방법을."

릴리의 뒤를 잇듯 다른 소녀들도 말했다.

"당신의 훈련이 가장 도움이 되니까."

"나님도 같이요~."

"선생님 덕분에 처음으로 꿈에 다가갔어."

"동경하던 『화염』이 스승이라니 이상적인 일이야."

그녀들은 저마다 클라우스에게 신뢰의 말을 전했다.

클라우스의 머릿속에 있던 것은 기드의 유언이었다.

『지켜 내, 이번에야말로.』

그는 그 말을 남기고 숨을 거뒀다.

클라우스는 그 명을 따라 소녀들을 임무에서 멀리 떼어 놓으려고 했다. 양성 학교에 돌려보내서 지키려고 했다. 하지만 틀렸다고 지금 깨달았다. 자신의 몸을 휘감은 무수한 기술이 가르쳐 줬다. 그녀들의 성장이 느껴졌다.

제대로 지도 하나 못 해도, 그래도 자신은 교사였다—.

그렇다면 자신은 무엇을 택해야 할까.

"자, 선생님! 『항복』할 준비는 되셨나요?"

릴리는 잘난 척하며 계속 떠들었다.

"『등불』의 존속을 선언하고, 항복이라고 말하고, 겸사겸사 이제까지 쌓인 울분을—."

"그런데—."

클라우스는 말했다.

"이 놀이에 언제까지 장단을 맞춰 주면 되지?"

힘으로 소녀들의 구속을 찢었다.

소녀들의 경계가 일순 풀어진 타이밍에 와이어를 세게 당겼다. 고정하던 소녀의 자세가 흐트러졌고, 날뛰는 와이어에 맞아 다른 소녀도 쓰러졌다. 권총 — 아무래도 실탄은 안 들어 있겠지만 — 을 쏠 새도 없었다. 같은 편을 쏘진 않을까 망설이는 사이에 와이어로 권총을 휘감았다.

아름답지 않은 수단이지만 이번만큼은 어쩔 수 없었다.

그녀들이 예상하지 못한 수단이었던 모양이다. 경계 부족. 캔버스를 짓밟으며 모두의 움직임에 대처했다. 아직 경험이 부족했다. 앞으로 단련하면 되나.

발밑에 있던 캔버스가 무참하게 찢겼다.

"서, 선생님! 그렇게까지 하는 건가요! 소중한 그림을 짓밟으면서까지!"

"과거에 집착하는 건 방금 그만뒀어."

그렇게 내뱉었다.

물론 복수하고 싶다는 소망은 간단히 사라지지 않을 것이다. 그러나 다른 길을 찾아냈다.

복수 끝에 있는 광경이 아무도 없는 집인 것은 너무 쓸쓸하니까.

분명 기드도 용서해 주리라.

스승도, 그리고 동료들도 인정해 줄 터다.

"너희는 내 적수조차 못 돼."

클라우스는 가볍게 고했다.

적수는 아니다.

적이 되지도 못할 것이다.

하지만 다른 존재라면—.

인생은 언제나 얄궂음으로 가득하다.

동료의 복수를 위해 움직이던 나날로 새로운 동료를 얻었다.

클라우스는 찢어진 그림을 주워 메마른 물감 일부를 뜯었다. 그리고 대형 홀의 벽에서 하얀 공간을 찾아 방금 뜯은 물감을 꾹 눌러 빨갛고, 가늘고, 아련하고, 그러면서 힘 있는 선 하나를 그렸다.

이걸로 완성이다.

두 그림을 비교했다.

빨간색 물감을 격렬하게 칠하고 『가족』이라고 명명한— **마치 타오르는 화염 같은 그림.**

그리고 그것을 찢어 새로 그린— **아직 연약한 등불 같은 그림.**

"극상이야—."

클라우스는 천천히 미소 지었다.

신작의 제목은 지금부터 지으면 된다.

예전에 가족과 지냈던 공간에 새로운 동료의 그림이 걸렸다.

■ 작가 후기

처음 뵙겠습니다. 이번에 제32회 판타지아대상 《대상》을 수상한 타케마치입니다.

응모작의 제목은 『스파이는 달콤하게 유혹당한다. 학교의 미소녀 전원에게』. 거기서 수정을 거듭하여 본작이 완성되었습니다.

참고로 응모 시의 줄거리와 본작의 줄거리가 전혀 다른 것은 담당 편집자님과 이야기를 나눈 결과입니다. 응모작의 장단점을 분석하여 《대상》이라는 기대에 부응할 수 있도록 고쳤습니다. 앞으로 판타지아대상에 응모하는 데 참고하려고 이 책을 구매하신 독자님은 걱정하지 않으셔도 됩니다. 편집부가 독을 써서 수정하라고 협박하는 일은 없습니다. 맛있는 커피를 얻어 마시고 회유당한 기억이라면 있습니다.

응모 시의 줄거리가 궁금하신 분은 판타지아대상 홈페이지를 봐 주세요. 얼마나 열심히 수정했는지 노력이 전해질 겁니다. ―주로 담당 편집자님의 노력이요.

이하 감사 인사입니다.

일러스트레이터 토마리 선생님. 등장인물들을 디자인해 주셔서 감사합니다. 특히 클라우스가 멋있어서 기가 죽습니다. 이번 권에서는 활약하는 장면이 적은 소녀들도 매력적인 디자인이 빛날 수 있게 다음 권에서 활약시켜 나가겠습니다.

총기 설정으로 협력해 주신 아사우라 선생님. 총을 잘 모르는 제게 많은 조언을 해 주셔서 아무리 감사해도 부족합니다. 심오함을 가르쳐 주셨기에 앞으로 저도 조금씩 배워 나가겠습니다.

그리고 판타지아대상의 심사원 선생님들. 《대상》이라는 명예로운 상을 주셔서 감사합니다. 전술한 대로 응모작과는 다소 다른 작풍이 되었지만, 주신 책임의 보람이 있어서 많이 수정할 수 있었습니다.

마지막으로 독자님. 라이트 노벨에서는 흔치 않은 「스파이」라는 소재인데 구매해 주셔서 감사합니다. 속간도 머지않아 나올 테니 또 잘 부탁드립니다.

그럼 이만.

타케마치

스파이 교실 1
《화원》의 릴리

1판 1쇄 발행 2021년 1월 20일
1판 3쇄 발행 2022년 9월 2일

지은이_ Takemachi
일러스트_ Tomari
옮긴이_ 송재희

발행인_ 신현호
편집장_ 김승신
편집진행_ 권세라 · 최혁수 · 김경민 · 최정민
편집디자인_ 양우연
관리 · 영업_ 김민원

펴낸곳_ (주)디앤씨미디어
등록_ 2002년 4월 25일 제20-260호
주소_ 서울시 구로구 디지털로 26길 111 JnK디지털타워 503호
전화_ 02-333-2513(대표)
팩시밀리_ 02-333-2514
이메일_ lnovellove@naver.com
L노벨 공식 카페_ http://cafe.naver.com/lnovel11

ISBN 979-11-278-5817-9 04830
ISBN 979-11-278-5816-2 (세트)

값 10,000원

기후마법의 올바른 사용법 1~2권

쿠로카타 지음 | fal maro 일러스트 | 송재희 옮김

"내 인생, 비만 내리네……."
「비의 남자」인 아마미야 하루마의 인생은 언제나 비와 함께했다.
어느새 그런 체질에도 완전히 익숙해지고,
정신 차리고 보니 벌써 서른 살이 된 하루마.
매일 반복되는 업무에 녹초가 되어 돌아가던 어느 날,
하루마는 갑자기 의식을 잃고 쓰러져 버린다.
눈을 뜨니 그곳은 낯선 이세계였다.
그리고 하루마는 그 세계에서 충격적인 사실을 알게 된다.
놀랍게도 하루마의 비를 부르는 체질은 매우 희소한 「마법」이었다!
지금까지 자신의 인생을 괴롭혔던 「마법」과 정면으로 마주한 하루마는
새로운 세계에서 만난 사람들과 접하며
이 세계에서 자신이 있을 곳을 발견해 나간다—.

대인기 시리즈 『치유마법의 잘못된 사용법』의 작가 쿠로카타가 자아내는
서른 살 남자의 「적재적소」 슬로우 라이프 판타지!!

라이트노벨의 새로운 빛! L북스의 신간은 매월 20일에 발매됩니다. http://cafe.naver.com/lnovel11

BOOKS

L BOOKS
거미입니다만, 문제라도?
작자 바바 오키나
일러스트 키류 츠카사
13
L BOOKS